莫泊桑
中短篇
小说全集

CONTES ET
NOUVELLES DE
GUY DE MAUPASSANT

莫泊桑中短篇小说全集

CONTES ET
NOUVELLES
DE GUY DE
MAUPASSANT

密斯哈丽特
Miss Harriet

〔法〕莫泊桑 ◆ 著　　张英伦 ◆ 译

Guy de Maupassant
CONTES ET NOUVELLES DE GUY DE MAUPASSANT

图书在版编目（CIP）数据

密斯哈丽特 /（法）莫泊桑著；张英伦译. -- 北京：人民文学出版社，2025. --（莫泊桑中短篇小说全集）.
ISBN 978-7-02-019052-2

Ⅰ. I565.44
中国国家版本馆 CIP 数据核字第 2024L0V676 号

吉·德·莫泊桑
Guy de Maupassant
1850—1893

译者摄于小说《细绳》故事发生地
法国诺曼底地区的格代维尔村

张英伦

作家、法国文学翻译和研究学者、中国作家协会会员、旅法学者。

◆ 一九六二年北京大学西语系法国语言文学专业本科毕业。一九六五年中国社科院外国文学研究所研究生毕业。曾任中国社科院外国文学研究所研究生导师、外国文学函授中心校长、中国法国文学研究会常务副会长、法国国家科学研究中心研究员。

◆ 著作有《法国文学史》（合著）、《雨果传》、《大仲马传》、《莫泊桑传》、《敬隐渔传》等。译作有《茶花女》（剧本）、《梅塘夜话》、《莫泊桑中短篇小说选》、莫泊桑中短篇小说分类五卷集、《奥利沃山》等。主编有《外国名作家传》、《外国名作家大词典》、"外国中篇小说丛刊"等。

保尔·奥朗道尔夫插图本《密斯哈丽特》卷封面

Miss Harriet

Par Guy de Maupassant

Librairie Paul Ollendorff (1901)

Illustrations de Charles Morel

Gravées sur bois par Georges Lemoine

本书根据法国保尔·奥朗道尔夫出版社出版的
插图本莫泊桑全集《密斯哈丽特》卷（1901）翻译

插图画家：夏尔·莫莱尔
插图木刻家：乔治·勒姆瓦纳

译者致读者

吉·德·莫泊桑(1850—1893)是十九世纪法国文坛一颗闪耀着异彩的明星,他的《一生》《漂亮朋友》等均跻身世界长篇小说名著之林,而他的中短篇小说创作尤其成就卓著,影响广泛且深远,为他赢得"短篇小说之王"的美誉。

莫泊桑的中短篇小说深深植根于现实的土壤,题材广泛,以描摹他那个时代法国社会风俗为主体,人生百态尽在其中。对上流社会的辛辣批判和对社会底层的诚挚同情,是贯穿其中的令人瞩目的主线。他的慧眼独到的观察,妙笔生花的细节描写,在法国后期现实主义小说创作中出类拔萃,发扬法国文学的悠久传统,他的小说作品,无论挞伐、针砭、揶揄、怜悯,喜剧性手法是其突出的特色。

莫泊桑的中短篇小说,绝大部分首先发表于报刊,之后收入各种莫氏作品集。仅作家在世时自编的小说集就有十五种之多。

后世出版的莫泊桑作品集，影响最大的当推保尔·奥朗道尔夫出版社出版的《插图本莫泊桑全集》（1901—1912）。这套全集里的中短篇小说部分共十九卷，其中的十五卷篇目和目次均与莫氏自编本基本相同，即：《山鹬的故事》（1901）、《密斯哈丽特》（1901）、《菲菲小姐》（1902）、《伊薇特》（1902）、《于松太太的贞洁少男》（1902）、《泰利埃公馆》（1902）、《月光》（1903）、《图瓦》（1903）、《奥尔拉》（1903）、《小洛克》（1903）、《帕朗先生》（1903）、《左手》（1903）、《白天和黑夜的故事》（1903）、《无用的美貌》（1904）、《隆多利姐妹》（1904）；另有四卷为该出版社补编，即：《巴黎一市民的星期日》（1901）、《羊脂球》（1902）、《米隆老爹》（1904）、《米斯蒂》（1912）。这十九卷共收莫泊桑中短篇小说二百七十一篇。

我现在译的这部《莫泊桑中短篇小说全集》是以奥版《插图本莫泊桑全集》上述十九卷为蓝本，另将奥版未收的三十五篇作为补遗纳入十九卷中的九卷；迄今发现的三百零六篇莫氏中短篇小说尽在其中，并配以奥版的部分插图，可谓图文并茂。我谨将它奉献给我国无数莫泊桑作品的热情爱好者。

小说集《密斯哈丽特》于一八八四年四月二十二日由维克多·阿瓦尔出版社第一次印行，共收中短篇小说十二篇，都是莫泊桑一八八三年三月到一八八四年四月间的作品。我译的这卷《密斯哈丽特》是奥版插图本的完整再现，它保持了莫泊桑亲编的篇目。

《遗产》是莫泊桑最长的中篇小说之一，也是他的力作之一。熟悉莫氏作品的读者很可能由此联想到他的短篇小说《一百万》。老姑姑在遗嘱中限定只能由未来的外孙辈继承遗产，而她唯一的外甥女婿后却久久未孕，从而引发矛盾，两者的确有共同的起点。但作家在扩大了十多倍的篇幅中给了故事大量全新的内容，给人全新的感受，令人刮目相看。通过看似平常的职场和家庭生活，围绕这个遗产问题引发的矛盾，作家表现了他特别关注的通奸、私生子、金钱的力量、小市民和小职员生活等丰富的主题，有着鲜活的社会内容。作为法国后期现实主义的代表之一，莫泊桑对人物和情节描述的细腻和精彩，在这篇作品里得到淋漓尽致的展现。

从二十四岁到二十八岁，莫泊桑曾是法国海军部职员。小说的男主人公都是和他一样的小人物。职员生活的酸甜苦辣被他描绘得生动感人。人们深爱这位历史的杰出记录者。协和广场的这座大楼里的许多大人物已是过眼烟云，但"海军部职员吉·德·莫泊桑曾在此工作"的纪念铭牌，今天仍醒目地挂在他当年的办公室门前。

透过《伙计，来一杯啤酒！》主人公因父母不和而以酒浇愁的故事，更可以看到作家本人的家庭悲剧的影子。同样在十三岁上，莫泊桑在外地读书期间回家度假，父母协议分居，从此家庭破裂。家变播下的恶果，在莫泊桑许多短篇小说中都得到反映，而且写来那么情真意切，绝非偶然。"伙计，来一杯啤酒！"这喊声令人心碎，发人深思，因为它包含着作家的心声。

十九世纪下半叶，数以千万计的欧洲移民在美国登陆，他们靠做小生意发了点财，但是不久美国经济大萧条，他们大部分人倾家荡产，有些人被迫迁徙至南美，甚至黯然返乡。《我的叔叔于勒》中的叔叔就是这退潮中的一个小浪花。小说通过他在家乡亲人眼中地位的巨变，反映了世态炎凉，令人触目惊心。《细绳》的主人公弯腰捡了一根细绳就蒙受不白之冤，是对"以小人之心度君子之腹"的流弊的血泪控诉。两篇从最平凡琐屑的现实中提炼出的文学精品，把两个小人物化为各具社会哲理的象征,永为世人记取。

  莫泊桑的战争题材小说的名篇《索瓦热婆婆》里照例没有真枪实弹的战事,而是描写战时的人心。索瓦热婆婆和寄宿的德军原本亲如一家,但儿子战死的消息让她义无反顾地把他们付之一炬。以普法战争为题材的作品不乏鸿篇巨制,而莫泊桑的短篇小说塑造的索瓦热婆婆、米隆老爹等国仇家恨交融的民间抗敌英雄的形象独放异彩。

张英伦

二〇二二年二月二十五日

目 录

密斯哈丽特	001
遗产	045
德尼	167
驴	183
田园诗	205
细绳	217
伙计,来一杯啤酒!	233
洗礼	249
遗憾	261
我的叔叔于勒	275
在旅途中	295
索瓦热婆婆	311

密斯哈丽特 *

* 本篇首次以《密斯黑斯汀》为题发表于一八八三年七月九日的《高卢人报》；一八八四年改为现题，首次收入维克多·阿瓦尔出版社出版的莫泊桑小说集《密斯哈丽特》。

献给乌迪诺先生①

我们七个人坐在一辆四轮大马车上：四个女的，三个男的，男的中的一个坐在车夫旁边的座位上；大路沿着高高的山坡蜿蜒伸展，马儿信步拉着我们往上爬。

我们拂晓时从埃特尔塔②出发去游览唐卡维尔③的废墟。清晨空气清凉，我们还精神委顿，打着瞌睡。尤其是妇女们，

---

① 现代学者发现了《密斯哈丽特》付印时莫泊桑的手稿，其中标明："献给波托卡伯爵夫人／一个忠诚友人的敬意／吉·德·莫泊桑"。波托卡伯爵夫人名叫埃马努埃拉·波托卡（1852—1930），意大利裔巴黎社交界名流，是莫泊桑的女友。
② 埃特尔塔：法国市镇，位于诺曼底大区滨海塞纳省的一个港城，濒临拉芒什海峡。埃特尔塔海岸边的石垩质悬崖，高约一百米，蔚为壮观。
③ 唐卡维尔：法国市镇，位于诺曼底大区滨海塞纳省，距埃特尔塔约五十公里，该地有两座古堡，一座叫"新堡"，建于十八世纪；另一座为碉堡，建于十一世纪。本文所说的应是后者。

她们不大习惯像猎人一样这么早就醒来,不时地耷拉一下眼皮,歪一下脑袋,或者打一个哈欠,对日出的景象无动于衷。

那时是秋天。路两边的田里光秃秃的,收割后留下的燕麦茬儿和小麦茬儿像没刮净的胡楂儿一样覆盖着原野,大地一片金黄。地面雾气弥漫,像在冒烟。几只云雀在空中歌唱,另一些鸟儿在灌木丛里叽叽喳喳地叫。

红彤彤的太阳终于在我们前方升起,呈现在天际。它逐渐升高,一分钟比一分钟更加辉煌。田野仿佛在苏醒、微笑、抖动,像一个起床的少女在脱去她白雾的睡衣。

坐在车夫旁边的德·埃特拉依伯爵大喊:"瞧呀,一只野兔!"他伸出胳膊,指着左边的一块苜蓿地。那个动物几乎整个身体都隐藏在这块地里,只露出大耳朵,逃窜着;接着,它穿越一片耕过的土地,停下,又疯狂地奔跑,变个方向,又停下,惶恐不安地四下张望,提防着一切可能的危险,对走哪条路犹豫不决;然后,它又跑起来,臀部一下下发力蹦得老高,最后消失在一大块四方形的甜菜地里。男人们都醒了,注视着这奔跑的动物。

勒内·勒马努瓦尔说:"今天早上,我们对女士们表现得不够殷勤哟。"然后,他就看着坐在他旁边、正在跟困倦做斗争的娇小的德·塞莱纳男爵夫人,对她小声说:"男爵夫人,您一定在想您的丈夫。放心吧,他星期六才回来。您还有四天的时间。"

她带着几分睡意,微笑着回答:"您真坏!"接着,她从迷迷糊糊的状态中振作起来,说,"喂,舍纳尔先生,您给我们讲一点有趣的事情吧。据说您交的桃花运比德·黎世留公爵①

---

① 黎世留公爵:这里说的是路易-阿尔芒·德·黎世留(1696—1788),又称黎世留元帅,路易十三国王时期的首相黎世留红衣主教家族的后裔,以其放荡而著称。

还多，您就给我们说一个自己的爱情故事吧，随便您挑一个。"

老画家莱昂·舍纳尔年轻时长得很帅，身体很健壮，很以自己的外貌为骄傲，也确实赢得过不少女人的爱慕。他用手捋着长长的白胡子，微微一笑，想了一会儿，突然变得严肃起来。

"夫人们，我要给你们讲的，可不是一个让人愉快的故事，而是我一生中最悲哀的爱情。但愿在座的男士们不要遇到同样的事。"

1

我那时二十五岁，是个沿诺曼底①海岸漫游的流浪的习画者。

我说的"流浪的习画者"，是那种借写生和临摹风景之名，背着行囊从一个客栈到一个客栈投宿的流浪的

---

① 诺曼底：法国西北部的一个具有特殊历史和文化传统的地区，西临拉芒什海峡，地域大致相当于现在的诺曼底大区，包括奥恩省、卡尔瓦多斯省、芒什省、滨海塞纳省和厄尔省。

人。除了这种走到哪儿算哪儿的游荡生活,我不知道还有更好的了。我自由自在,没有羁绊,没有忧虑,没有任何操心事,甚至连明天的事都不想。你喜欢哪条路就走哪条路,除了随心所欲没有别的向导,除了眼睛高兴没有别的参谋。你停下来,因为一条小溪吸引你,因为一家客栈前面炸土豆条的香味召唤你。决定你的选择的,有时是一股铁线莲的芳香,或是一家客栈的年轻女仆的率真的目光。绝不要小看这些质朴的柔情。这些姑娘,她们也有灵魂和感觉,有结实的脸蛋和鲜嫩的嘴唇;她们热烈的吻就像野果一样有力和甜美。爱情永远是有价

值的，不管它来自哪里。一颗为你的出现而跳动的心，一双当你离去时哭泣的眼睛，都是那么难得、那么温柔、那么珍贵，绝不应该鄙弃它们。

我曾经在长满樱草的壕沟里、卧着乳牛的牛圈后面、太阳晒得还温乎的顶楼的麦秸堆上幽会。我记得那穿在富有弹性的粗糙肉体上的灰色粗麻布，怀念那些淳朴坦率的爱抚、诚实的粗鲁，这比从天香国色的女人那里得到的精细的快乐更美妙。

但是在这些漫无目的的奔波中，最让人喜爱的还是田野、树林、日出、黄昏和月光。对画家们来说，这是和大地结合的新婚之旅。在这漫长悠然的相聚中，你独自一人守在它身旁。你躺在一片草地上，雏菊和丽春花的中间；在强烈的阳光下，你睁开眼睛，看着远方的小村庄，它尖尖的钟楼正敲响中午十二点的钟声。

你坐在一片又细又高、闪耀着生命活力的草地上，从一棵橡树脚下涌出的泉水边；你跪下，俯身饮这清爽明澈的泉水，它浸湿你的髭须和鼻子，你喝的时候有一种肉体的快感，仿佛在和泉水嘴唇对着嘴唇接吻。有时，你沿着这些潺潺的细流走，遇到一个深潭，赤裸着身子跳下去，从头到脚的皮肤上都感到流水的活跃而又轻快的战栗，犹如一种冰冷美妙的爱抚。

你在山丘上喜悦，在水塘边忧郁，当太阳沐浴在血色云海中、将

红色的反光投向江河时你情绪激昂。夜晚，顶着经过高空的月亮，你幻想白天在烈日下不会来到你脑海的千奇百怪的事物。

就像我们今年这样，有一年我在这同一个地方漫游时，一天晚上来到依波尔①和埃特尔塔之间的悬崖上，一个名叫贝努维尔②的小村庄。我从费康③顺着海岸走来，高而陡峭的海岸像一道城墙，突出的白垩质岩石临空高耸在海面上。从清晨起我就在这地毯般平坦、细腻、柔软的草坪上走。这草坪迎着海上吹来的咸风，生长在这深渊的边缘。我一边放声歌唱一边阔步前行，时而看一只海鸥在蓝天上扇动它白色的弧形翅膀画着圆圈缓缓逃遁，时而看绿色的海面上拂过一只渔船的褐色风帆，就这样度过无忧无虑、自由自在的幸福的一天。

有人指给我一个旅行者可以住宿的客栈似的小农

---

① 依波尔：法国拉芒什海峡沿岸的一个渔村，在今诺曼底大区滨海塞纳省，距埃特尔塔约十三公里。
② 贝努维尔：距埃特尔塔约四公里的一个村庄。
③ 费康：法国西北部的一个港口城市，濒临拉芒什海峡，今属诺曼底大区滨海塞纳省。

庄。这客栈坐落在两排山毛榉环绕的诺曼底式的院子中间,主人是一个农妇。

我离开悬崖来到这座被大树围得严严实实的农舍,见到勒卡舍尔大妈。

这是个年老的乡下女人,满脸皱纹,表情严肃,接待顾客时总有些不大乐意,似乎怀有戒心。

时逢五月,开花的苹果树像芳香扑鼻的花的屋顶覆盖着庄院,不停地播撒着像旋转的雨似的玫瑰色的萼片,没完没了地落在人身上和草地上。

我问:"勒卡舍尔太太,您能租给我一个房间吗?"

她见我知道她的名字，有些奇怪，回答："这要看情况，房间是都租出去了。不过总还可以想想办法。"

我们五分钟就谈妥了，我把背包放在了一个乡村房间的泥土地上，房间里有一张床、两把椅子、一张桌子和一个脸盆。这房间通向烟熏火燎的宽大的厨房，寄宿的客人和农庄里的人以及守寡的老板娘都在这儿吃饭。

我洗了手就走过去。老妇人正让人烩一只仔鸡供晚饭吃。大壁炉里吊着一口熏得黢黑的锅。

"您好像还有别的客人？"我问她。

她带着总是不大高兴的样子回答:"眼下有一个太太,一个上了年纪的英国女人,她住在另一个房间。"

我以每天多付五个苏①为代价,得到天晴时一个人在院子里吃饭的权利。

于是他们把饭桌摆在我的房门前,我就啃起那只诺曼底小鸡的瘦腿,一边喝着清澈的苹果酒,嚼着厚实的白面包。那面包已经搁了四天,不过味道还真香。

朝着小路的木栅栏门突然打开,一个很古怪的女人向房子这边走过来。她又高又瘦,紧裹在一条红方格的

---

① 苏:法国旧时辅币,五生丁等于一苏,二十苏等于一法郎。

苏格兰披肩里,要不是看见露在胯部的那只长长的手拿着一把旅游用的白阳伞,你真会以为她没有胳膊。灰白的头发卷成一个个螺旋形的发卷,围着她那木乃伊般的脸,她每走一步,那些发卷就跳一跳。不知道为什么,这让我联想到一条落着蝴蝶①的烟熏咸鲱鱼。她低垂着眼睛急匆匆地从我面前走过去,进了茅屋。

这个奇特的人的出现引起了我的兴趣;这肯定就是我的邻居,客栈老板娘说的那个上了年纪的英国女人了。

那一天我没有再见到她。第二天,我安置好了,正要在你们都知道的那条直到埃特尔塔的秀丽的小山谷里画画,偶然一抬头,看见有什么东西立在一个小山顶上,就像一根挂着彩旗的桅杆。那是她。看见我,她就不见了。

中午我回去吃饭,坐在公共的饭桌上,为的就是结识这个与众不同的老妇人。但是她对我的礼貌的表示并不领情,甚至对我的一些小殷勤毫无感觉。我坚持给她

---

① 莫泊桑在《高卢人报》和维克多·阿瓦尔版小说集中发表的原文,这句文字用的是"卷发纸"(papillottes)一词而非"蝴蝶"(papillons)。

倒水，热情地给她递菜。她只轻轻地做了个几乎看不出的点头的动作，说了一个声音那么低、我几乎听不见的英文词，算是她仅有的感谢。

我索性不再照顾她，尽管她这个人还扰动着我的思想。

不过三天以后，我对她的了解已经和勒卡舍尔太太一样多。

她叫密斯哈丽特。一个半月以前，为了找一个偏僻的村庄度夏，她在贝努维尔住下，至今似乎还没有离开的意思。她在饭桌上从来不言语，总是一边匆匆地吃饭，一边读一本新教①的宣教小书。她把这本书分发给所有的人，连本堂神父②也收到四本，每次都是她给两个苏的跑腿钱让一个小男孩送去的。有时她会毫无铺垫，突然对我们的老板娘宣称："我爱上帝胜过一切；我在他创造的一切中敬仰他；我在属于他的整个大自然中崇拜他。我永远把他供在心上。"说完，她便立刻把一本旨在让全宇宙都皈依新教的小册子塞给张口结舌的农妇。

---

① 新教：十六世纪宗教改革开始从天主教分离出的一个教派，与天主教、东正教并列为基督教会的三大分支。新教是在英国占主流地位的宗教。
② 本堂神父：天主教教士，由主教任命，负责一个教区事务。

村子里的人都不喜欢她。小学教师扬言："她是个无神论者。"一致的谴责便重压在她的身上①。勒卡舍尔太太去问本堂神父，本堂神父回答："她是个异教徒，但是天主并不要罪人死，而且我相信她的品德无可挑剔。"

"无神论者""异教徒"，这些词，乡下人并不了解它们的确切含义，却在他们的头脑里投下怀疑的阴影。另外，人们还认定这个英国女人很有钱；她一生都在世界各国漫游，是因为她的家人把她赶了出来。她的家人为什么把她赶出来呢？因为她不信教，自然啰。

其实，她是一个坚守信条的狂热者，一个固执的清教徒②，英国生产出很多这种让人受不了的老姑娘，她们骚扰欧洲所有旅馆客人的饭桌，败坏意大利，毒害瑞士，把她们的荒诞习癖、刻板的老处女的生活方式、没法形容的装束和上百种橡胶气味带到各地，弄得地中

---

① 由此可见，十九世纪下半叶，小学教师和本堂神父一样，在法国社会基层具有很大的精神影响力。
② 清教徒：新教中一个属于加尔文教派的宗教流派，其拥护者希望"净化"和"改革"英国新教，他们反对英国国教和英国君主政体，认为它们没有按照"抗议派"的主张进行足够的"改革"。一部分清教徒被驱逐出英国。

海沿岸景色如画的城市无法居住。这些气味让人以为她们每天夜里都被人装进一个橡皮套子。

如果我在旅馆里遇见一个这样的女人，会立刻像鸟儿在地里看到稻草人一样逃之夭夭。

然而这个老处女在我看来是那么奇特，我一点儿也不觉得她讨厌。

勒卡舍尔太太对一切不是庄稼人的东西都本能地抱有敌意，她的狭隘的头脑对这个老姑娘的痴迷的样子同样感到仇恨。她找到了一个词儿来形容她，那当然是一个轻蔑的词儿，我不知道是怎么来到她的嘴边的，不知道是通过怎样的混乱而又神秘的脑力活动造出来的。她说："这是个魔障女人！"这个词儿安在这个严峻而又感情用事的人的头上，我觉得真是不可抗拒地滑稽。我从此称呼她的时候就只叫她"魔障女人"，远远看见她便对自己大声说着这个词儿，有一种奇特的快感。

我常问勒卡舍尔大妈："喂，我们那个魔障女人今天做什么？"

农妇就气不打一处来地回答："您相信吗，先生，她捡到一只踩碎了腿的癞蛤蟆，带回自己的房间，放

在一个盆里,像人一样替它包扎。这不是亵渎吗!"

又有一次,她在悬崖脚下散步,买了人家刚捕到的一条大鱼,什么也不为,只是为了把它抛回大海。那个水手呢,虽然她付钱很大方,还是说了她许多难听的话,比她偷了他口袋里的钱骂得还邪乎。过了一个月,他提起这件事还愤愤不平,骂骂咧咧。啊!是的,密斯哈丽特的确是个魔障女人,勒卡舍尔大妈给她起了这样一个名字,真是心有灵犀。

有个管牲口棚的伙计,人们都叫他"工兵",因为他在非洲服过役,此人的看法却与众不同。

他鬼头鬼脑地说:"这是个过了气的老妓女。"

那可怜的老姑娘要是知道了,不知道会怎么想?

我不知道为什么,小女佣塞莱斯特始终不乐意服侍她。也许仅仅因为她是外国人,属于另一个种族,说另一种语言,特别是信另一种宗教。总之她是个魔障女人!

她的时间都用来在乡间游荡,在大自然里寻找和崇拜上帝。一天晚上,我发现她跪在一片灌木丛里。我透过绿叶看到有个红色的东西,于是拨开树枝。密斯哈丽特霍地站起来;被人这样看到,她很不好意思,用惊恐的眼睛盯着我，就像在大白天被人撞见的灰林鸮①。

有时，我正在岩石间画画，突然发现她站在悬崖边，就像一根信号杆，动情地看着被阳光染成金色的浩瀚海洋和火红的辽阔天空。有时，我见她迈着英国女人的弹性的步子，在一条峡谷里快步走着，便向她走去，不知道被什么吸引，也许仅仅为了看看她那张异教徒的脸，干瘦、难以形容、因为深藏在内心的喜悦而感到满足的脸。

我也经常在某个农庄的角落里看见她坐在一棵苹果树下的草地上，把那本《圣经》小书摊在腿上，目光飘向远方。

我再也不愿离开这个宁静的国度，它辽阔而温柔的景色的无数爱的链条把我和它紧紧连在一起。在这个被世人遗忘的农庄里，远离一切，接近大地，这善良、健康、美丽的绿色大地，终有一天我们将用自己的肉体为它施肥的大地，我过得很自在。应该承认，让我留在勒卡舍尔大妈这儿不走的，还有那么一点儿好奇心：我想多少

---

① 灰林鸮：一种中型猫头鹰，夜间活动的猛禽。

了解了解这个古怪的密斯哈丽特,知道在这些漂泊的英国老姑娘的孤独的灵魂里究竟发生着什么。

2

我们相识的经过相当特别。我那时刚完成一幅习作。这幅习作很大胆,也确实如此,十五年后它卖了一万法郎。另外,它比二加二等于四还简单,完全摆脱了学院派的戒律。整个画布的右边呈现的是一块岩石,一块疙疙瘩瘩的巨大岩石,覆盖着褐色、黄色和红色的海藻,阳光像油一样在上面流淌。亮光来自藏在我身后的那颗恒星,我看不见它,只见阳光落在石头上,把它镀成火一般强烈的金色。就是这样。一道明亮得令人炫目、像火焰在燃烧的壮丽的前景。

画面左边是大海，不是蓝色的大海，板岩色的大海，而是玉色的、淡绿色的、乳白色的，在深色天空下也会显得很阴沉的大海。

我对自己的这幅作品是那么满意，我一路上蹦蹦跳跳着把它带回客栈。我真想让全世界都能立刻看到它。我记得我甚至把它亮给路边的一头母牛看，一边高喊着：

"看呀，我的老伙计。这么好的东西你可不是经常看得到的。"

来到客栈前面，我立刻扯着嗓子大声叫喊勒卡舍尔大妈：

"喂！喂！老板娘，快来呀，瞧瞧我这个东西。"

乡下女人来了，用她那根本分不出好歹，甚至看不出画的是牛还是房子的愚昧的眼睛，扫了一下我的作品。

我手拿着那幅画给客栈老板娘看的时候，密斯哈丽特回来了，正好从我身后经过。魔障女人不可能看不到我的画，因为我特意拿得让它逃不过她的眼睛。她突然停下，惊讶得愣住了。显然，这是她的岩石，她经常爬上去苦思冥想的那块岩石。

她小声说了个英国腔的"啊噢",说得那么清晰,那么悦耳,我微笑着转过身去,对她说:

"小姐,这是我最新的习作。"

她好像着迷了似的,那表情又滑稽又让人感动,低声说:

"啊!先生,宁(您)对大自然的理界(解)真是打动人心。"

我脸红了,老实说,即使这称赞来自一位女王,我也没有这么激动。我被诱惑,被征服,被击败了。我以名誉担保,我真想拥抱她!

就像平常一样,吃饭的时候我坐在她旁边。

她第一次

说话，不过只是继续大声说出她的思想："啊！我多么戏（喜）爱大自然！"

我递给她面包、水、葡萄酒。她接过去的时候，木乃伊似的脸上现在已经带着浅浅的笑容。我便开始谈论风景。

吃完饭，我们一起站起来，去院子里散步；接着，我想必是被落日在海上燃起的漫天大火所吸引，推开通往悬崖的栅栏门，我们就像两个刚刚相识和互相理解的人一样高兴，肩并肩向那边走去。

那是一个和暖温柔的黄昏，一个灵与肉都觉得幸福的舒适的傍晚。一切都是享受，一切都充满魅力。温和的空气像浸润了香料一样弥漫着草的气味和海藻的气味，用它野性的芳香抚慰着嗅觉，用它海洋的气息抚慰

着味觉，用它沁人的甜蜜抚慰着心灵。我们现在走在深渊的边缘，脚下一百米的深处是翻滚着细浪的无垠大海。我们张开嘴，扩展肺腑，痛饮着这新鲜的气息；它掠过汪洋大海，在我们的皮肤上滑行，长时间和波浪亲吻减慢了它的速度，也让它带上一股咸味。

这个英国女人紧裹在方格子的披肩里，带着颇有感触的神情，迎风露出牙齿，看着偌大的太阳沉向大海。在我们前面，那边，视线所及的地方，一条三桅帆船扬着帆在燃烧的天空勾画出它的身影；再近一些，一艘汽船冒着青烟驶过，留下横穿整个天际的无尽的烟云。

那红色的星球始终在缓缓地下降。它很快就接触到水面，正好在那看似一动不动的海船的后面，那条船就像位于火的框架里，耀眼的星球中间。星球逐渐下沉，被海洋吞噬。眼看着它下潜，缩小，直到消失。结束了，只有那小帆船的剪影呈现在遥远天空的金色背景上。

密斯哈丽特用满含激情的目光眺望着太阳光辉灿烂的收场。此时此刻，她肯定有一种非分的渴望，渴望拥抱天空，大海，整个天际。

她小声念叨着："啊噢！ 我哀（爱）…… 我哀（爱）……

我哀（爱）……"我看到她眼里滚动着一颗泪珠。她又说："我真像（想）变成一只小鸟，费（飞）到天上去。"

她久久地站在那里，就像我经常看到的那样，伫立在悬崖上，披肩是紫红色的，她的脸也那么红。我真想把她速写进我的画本。那一定会是一幅绝好的表现心醉神迷的漫画。

我转过身去，免得笑出来。

接着，我就和她谈论绘画，就像跟一个同行那样，用一些专业的术语来阐述色调、明暗和力度。她聚精会神地听着，理解着，试图猜测着每个术语的晦涩的含义，深入了解我的思想，时不时地说一句："啊！我敏（明）

白了,我敏(明)白了。这很几(激)动人心。"

我们回来了。

第二天,她一见到我就急忙向我伸出手。我们立刻成了朋友。

这是个心地善良的女人,她的心像装了弹簧一样,会一下子就跳进热情洋溢的状态。就像所有年已半百还是个处女的女人一样,她缺乏平衡。她就像一直浸泡在发了酸的童贞里;但是她心里还保留着某种很年轻、还在燃烧的东西。她热爱大自然和动物,这是一种像发了酵的陈酒一样狂热的爱,一种她从未给过男人的性爱。

可以肯定,看到一只母狗喂奶,看到一匹母马带着小马在草地上奔跑,看到一个鸟窝,浑身没毛的大脑袋的雏鸟张着嘴叽叽喳喳叫,她的心会怦怦跳,异乎寻常地激动。

可怜的孤独的人,在旅客饭桌间游荡的凄惨的人,可笑而又可悲的不幸的人啊,自从我认识这个女人,我就怜爱你们了。

我很快就看出她有什么话要对我说,但她又不敢说,我觉得她那羞羞答答的样子很有趣。早上,我背着画箱出发的时候,她总把我一直送到村头,一路也不言语,但是显然心事重重,在琢磨怎么开口。然后,她又突然离开我,迈着她那一蹦一跳的步子匆匆走了。

终于有一天,她鼓起了勇气,说:"我像(想)看看宁(您)怎么画画。宁(您)愿意吗?我很好奇。"她就像说了什么胆大包天的话似的,脸涨得通红。

我带她到小谷①的深处,在那里开始画一幅大幅的习作。

她一直站在我身后,全神贯注地注视着我的每一个动作。

后来,也许是怕妨碍我画画,她突然对我说了声"谢谢",就走了。

不过她很快就变得更随和了,开始每天都陪着我,而且显然很高兴。她胳膊下面夹着马扎,根本不允许我替她拿,然后就在我身旁坐下。她坐在那里一待就是几

---

① 埃特尔塔位于两个小山谷的出口,一个叫大谷,一个叫小谷,大谷优美,小谷荒僻。

个钟头，一动不动，一言不发，眼睛追随着我的画笔尖的每一个运动。当我调色刀一挥，突然抹上一大片色彩，获得一种准确而又意外的效果，她会情不自禁地轻轻发出一声"啊噢"的惊讶、愉快和赞赏的叫声。她对我的油画怀有发自内心的尊敬的感情，对上帝的作品的一个片段能够被人类复制怀有的宗教般虔诚的敬意。我的习作在她眼里就像一种宗教绘画。有时，她还对我谈论上帝，试图改变我的宗教信仰。

啊！她的上帝真是个奇怪的好好先生，一种乡村的哲学家，既没有很多能耐也没有很大的权力，因为她想象中的上帝总是为在他眼前犯下的不公正的行为而感到歉疚，就好像他没能阻止它们发生似的。

而且她和上帝相处得很愉快，甚至看来可以和他无话不谈，包括她的秘密和不顺心的事。她常说："上帝愿意"或者"上帝不愿意"，就好像一个班长向一个新兵宣布："上校他命令。"

她打心底里惋惜我对上天的旨意的无知，于是尽力向我解说；我每天都在我的口袋里，我放在地上的帽子里，我的颜料盒里，每天早上擦了油放在门口的皮鞋里，发现那些她想必直接从天堂收到的布道的小书。

我待她像老朋友一样，坦率而又诚恳。但是我很快就看出她的态度有点变化。最初我并没有放在心上。

每次我画画的时候，不管是在山谷里还是在某条低洼的路上，我都会看到她突然出现，迈着轻快而又有节奏的步子走来。她突然坐下，气喘吁吁，就好像奔跑过或者有某种强烈的情绪激动着她。她的脸通红，那是其他民族的人不可能有的英国人的红；接着，她的脸又无缘无故地变白了，变成土灰色，人仿佛就要昏过去似的。接着，我看到她逐渐恢复了平常的神态，而且说起话来。

可是，她一句话说了一半又突然站起来，跑走了，而且跑得那么快，那么奇怪，我不禁自问，我是不是做了什么事惹她不高兴或者伤了她的感情。

最后我想，这大概才是她的正常状态，只不过由于我们相识不久，出于对我的礼貌，略有改变罢了。

以前，她在海风击打的岸边奔走几个钟头，回到农庄时，卷成螺旋形的长发经常已经散开，像弹簧断了似的耷拉着。头发被风妹妹搞得这么乱，她并不在意，照样毫不拘束地来吃晚饭。

现在,她却要先上楼去她的房间,把我戏称为"灯罩的玻璃坠子"的头发梳理好;当我亲热地跟她开玩笑说:"密斯哈丽特,您今天美得像一颗星星。"她一向都会生气,现在她的双颊却马上泛起一片红晕,少女的红晕,十五岁的红晕。

不过后来她又变得孤僻了,不来看我画画了。我想:"她这是闹脾气,会过去的。"但是这种情况并没有过去的样子。现在,我跟她说话,她回答我的时候不是装出一副无所谓的表情,就是带着一种隐忍的恼怒。她有时还会显得粗暴,急躁,神经质。我只有吃饭的时候才能

见到她，而且我们几乎不再交谈了。我真以为在什么事情上冒犯她了，于是一天晚上我问她："密斯哈丽特，您对我怎么不像以前那样了？我做什么事让您不高兴了？您让我感到很难过！"

她用非常可笑的气愤的口吻回答我："我对宁（您）像以前一样呀。宁（您）说得不对，不对。"说完，她就跑去把自己关在房间里。

她有时用一种很奇怪的眼神看我。从那时起我就经常对自己说：死刑犯听人宣布末日到来的时候，一定是这样看人的。在她的眼睛里有一种疯狂，一种神秘而又猛烈的疯狂；还有另外的东西，一种狂热，一种对不现实而又无法实现的事物的迫不及待而又无能为力的强烈渴望！我仿佛看到在她身上也进行着一种斗争，她的心和她要制服的一种无名力量的斗争，也许还有别的东西……我怎么知道呢？我怎么知道呢？

3

这真是一次奇特的发现。

一段时间以来,我每天早上天一亮就工作,画一幅油画,这幅画的主题是:

一个深深的小山谷,两侧是陡峭的高山,两面的斜坡上长满荆棘和树木;小山谷向前延伸,消失、淹没在乳白的雾中,日出的时候小山谷里经常飘浮着絮状的雾。在这浓厚而又依然透明的雾的深处,可以看到,或者不如说猜到,走来一对恋人,一个小伙子和一个姑娘,拥吻着,紧搂着,她把头抬向他,他向她俯下身子,嘴对着嘴。

第一缕阳光从树枝间溜出,穿过这晨雾,它的玫瑰色的反光在这对乡村恋人背后照亮,把他们朦胧的身影投入银色的光辉里。这画面很好,的确,非常好。

我正在通往埃特尔塔的小山谷的斜坡上工作。那天早上我运气好,有我需要的那种飘逸的水汽。

有个什么东西立在我前面,像一个幽灵:是密斯哈丽特。她看见我,就想逃跑。但是我大声叫喊:"小姐,来呀,快来呀,我给您画了一幅小画。"

她好像很不情愿,走过来。我把我的画稿递给她。她什么也没说,但是一动不动地看了很久,突然哭了起来。她就像那些为忍住泪水做了很多斗争、再也忍不住、放弃再抵抗的人一样，一边哭一边痉挛着。不知道怎么的，我也被这忧伤感动了，霍地站起来，以突如其来的同情的动作握住她的两手。真正的法国人经常是这样，动作比思想来得快。

她的手在我的手里留了几秒钟，我感觉到它们在颤抖，就好像她的神经在扭曲；接着，她突然把手抽出去，或者不如说夺回去。

这颤抖，我认出来了，因为我感到过它；什么也不能骗过我。啊！一个女人，不管她是十五岁还是五十岁，是平民还是上流社会的，她的爱的颤抖都直驱我的心房，我立刻就能领会。

她整个可怜的身体都在颤抖，震撼，都瘫软了。我了解这是怎么回事。我还没有说话，她就走开了，把我留在那里，我就像见到了一个奇迹一样惊愕不已，就像犯了一个罪过似的惶惶不安。

我没有回去吃午饭。我去悬崖上转了一圈，既想哭又想笑，觉得这件奇遇既滑稽又可悲，感到自己很可笑，坚信她已经不幸到疯狂的程度。

我自问我该怎么办。

我认为我别无选择,只有离开,我立刻做出了决定。

我有点忧伤又有点彷徨,一直游荡到吃晚饭的时候才回去。

大家跟往常一样坐下来吃饭。密斯哈丽特坐在那儿,神情严肃地吃着,不跟任何人说话,也不抬起眼睛。除此以外,她的脸和态度和平常一样。

我等到吃完饭,便转向老板娘,说:"勒卡舍尔太太,我要离开您了。"

大妈感到很突然,很难过,用她那缓慢的声音大声说:"您说什么,先生?您要离开我们!我已经跟您这么熟了!"

我用眼角瞟着密斯哈丽特;她的脸甚至没有一丝颤动。但是小女佣塞莱斯特抬起眼看了我一下。这是个十八岁的胖姑娘,脸蛋儿红扑扑的,很鲜嫩,强壮得像匹马,而且很干净,真是少见。我有时会在一个角落里吻吻她,没有别的,这是常住客栈的人习以为常的事。

晚饭结束了。

我到苹果树下面吸烟斗,从院子一头到另一头来回踱着。我白天做的各种思考，早上的奇特发现，硬加在我身上的这古怪而又热烈的爱情，随着这次发现而想起的一些往事，一些美好而又令人心乱的往事，也许还有我宣布要离去时女佣向我投来的目光，所有这一切混杂和交织在一起，此刻赋予我的身体一种调皮小伙儿的快乐的情绪，一种嘴唇痒痒的接吻的欲望，往我的血管里注入我也闹不清的那驱使我干蠢事的东西。

夜正在来临，把它的阴影溜到树下，我看到塞莱斯特走去关围墙另一边的鸡栅。我急忙冲过去，跑得那么轻，她根本就听不见；等她放下鸡栅的活门，抬起身子的时候，我紧紧搂住她，在她大而肥的脸蛋儿上像下冰雹似的连连吻着。她一边挣扎一边笑，看来是习惯了这种事。

为什么我猛地放开了她？为什么我霍地转过身去？我怎么会感到有个人在我身后？

是密斯哈丽特，她从外面回来，看见了我们，就像面对一个幽灵一样一动不动。然后她就消失在黑夜里。

我回到房间，既羞愧又慌乱，被她出其不意地逮到，比让她发现我正在犯下一桩罪行还要难堪。

我睡得很不好，神经紧张极了，被许多扫兴的想法

苦恼着。我仿佛听到了哭声。我大概弄错了。还有好几次，我似乎听到有人在房子里走动，打开了通到外面的门。

将近早晨的时候，我实在精疲力竭，终于睡着了。我很晚才醒，吃午饭时才露面，还有些忐忑不安，不知道该保持何种态度。

大家都没看见密斯哈丽特。人们等她；她仍然没有出现。勒卡舍尔大妈走到她的房间去看，英国女人已经走了。也许她天蒙蒙亮就走了，她经常很早就出去看日出。

人们并不奇怪，就静静地吃起来。

天气很热，非常热，是那种没有一片叶子动弹的闷热的日子。饭桌已经搬到外面的一棵苹果树下面。"工兵"时不时去食品储藏室装一罐苹果酒，因为大家都喝得很多。塞莱斯特从厨房端来一道土豆炖羊肉、一道炒兔肉和一道凉拌生菜。接着，她又把一盘樱桃放在我们面前，这可是时令的头茬果实。

我想把樱桃洗一洗，这样吃起来更爽口，于是叫小女佣去打一桶凉水来。

过了五分钟她回来了，说井水干了。把绳子全放下去了，桶都到了底，然后提上来还是空的。勒卡舍尔大妈要亲自弄个明白，便走去看那个井洞。她回来说看到井里有个东西，有个异样的东西。大概是哪个邻居为了报复，往里面扔了几捆麦秸。

我也想去看看,希望能分辨得出来。我在井边俯身往下看,隐约看到一个白色的东西。不过是什么呢?我于是想了个主意,在一根绳子的头上拴一个提灯,吊下去。黄色的灯光在井穴的石头内壁上舞动着,逐渐往下去。"工兵"和塞莱斯特也过来了,我们四个人都趴在井口。提灯停在一个看不清的大东西上;那东西黑白两色,很奇怪,不可理解。"工兵"大喊:

"是一匹马。我看见马蹄子了。一定是今天夜里从牧场跑出来的,掉到井里了。"

可是我突然浑身一阵颤抖,因为我辨认出一只脚,

接着是一条竖起的腿；整个身子和另一条腿还在水下面看不见。

我颤抖得那么厉害，提灯在那只鞋子上疯狂地舞动，我结结巴巴地小声说：

"里……里……里面是一个女人，密斯哈丽特。"

只有"工兵"连眼皮都没有眨一眨。这种事他在非洲见过得太多了！

勒卡舍尔大妈和塞莱斯特尖声喊叫起来，撒腿就逃跑。

必须把死者捞上来。我把绳子牢牢地缠在马夫的腰上，然后用辘轳把他慢慢往下放，眼看着他手里拿着灯和另一根绳子渐渐下到黑洞里。很快，他的声音就像来自地心一样喊道："停！"我看到他在水里捞着什么东西，那是另一条腿；接着，他把两只脚捆在一起，又喊道："拉！"

我把他往上拉；不过我感到胳膊都要累断了，肌肉酸痛；我很怕绳扣松开，人再掉下去。"工兵"的头出现在井栏的时候，我问："怎么样？"就好像我料到他会给我带来一些关于井底下的那个女人的消息似的。

我们两个人都登上石沿，脸对脸，俯身在井口，开始把那具尸体往上拉。

勒卡舍尔大妈和塞莱斯特躲在房子的墙后面,远远地看着我们。她们一看到溺死者的黑皮鞋和白袜子从井洞里出来,立刻逃之夭夭。

"工兵"抓住密斯哈丽特的两个脚腕,把她往上拉。可怜的老处女,那姿态真是很不庄重。脸的表情很恐怖,脸很黑而且带着擦伤的痕迹,灰色的长发完全散开,永远伸直了,耷拉着,滴着水,沾满泥浆。"工兵"用轻蔑的语气说:

"见鬼,她真瘦!"

我们把她抬到她的房间里,两个女人没再露面,只得由我和马夫为她做死后的化妆。

我为她清洗那凄惨的变了形的脸。我的手指碰了一下,她的一只眼睛微微睁开,用苍白的目光,冷冷的目光,仿佛来自死后世界的可怕的目光看了我一眼。我尽我所能地梳理她散乱的头发,用我的笨拙的手在她的额头上梳了一个的奇特的新发式。接着,我怀着羞耻的心情替她脱掉湿透了的衣裳,露出一点她的肩膀、胸脯和像树枝一样又细又长的胳膊,仿佛自己在做一件亵渎的事。

接着,我去找了一些花,一些丽春花、矢车菊、雏菊和还散发着香气的新鲜的青草，盖在她的灵床上。

然后，我又得填写一些例行的手续，因为只有我一个人留在她身旁。我在她的口袋里找到一封信，是最后一刻写的，要求人们把她埋葬在她度过最后日子的这个村子里。一个可怕的想法让我心里一惊：她愿意留在这个地方，莫非是为了我？

将近傍晚的时候，附近的大娘大妈们都来看死者；但是我不准任何人进来；我要一个人留在那儿；我守了一整夜。

我借着烛光看着她，看着这个可怜的女人，她举目无亲，死在这么遥远的地方，又死得这么悲惨。她是否在某个地方还留下朋友或亲人呢？她度过的童年，她以往的生活，是什么样的呢？她是从哪儿，像丧家犬一样孤单一人，流浪到这儿来的呢？在这丑陋的身体里，在这像可耻的污点一样终身都要扛着的身体里，在这让一切好感和爱情都远离她的羞于见人的躯壳里，包藏着什么样的痛苦和绝望的秘密呢？

世上有多少不幸的人啊！我感到了无情的自然如何把它永恒的不公正压在这个人的身上！对她来说这终于结束了，也许她甚至没有过那支撑最不幸的人的东西：希望，哪怕是被爱一次的希望！否则，她为什么这样躲藏呢？她为什么逃避其他人呢？她为什么如此热烈地爱一切东西，一切生物，而唯独不爱人类呢？

这个女人，我现在理解她为什么信奉上帝了，她是希望以此来抵消她的苦难。她现在行将分解，自身也要变成植物了。她将在阳光照耀下开花，让奶牛咀嚼，被鸟儿带走做种子；变成牲畜的肉以后，她又会变成人类的肉。但是那叫作灵魂的东西已经熄灭在黑沉沉的井底。她不再痛苦。她已经把自己的生命换成将要由她而生的其他生命。

时间一小时一小时地在这凄厉而又寂静的相处中过

去。一道微弱的亮光宣告黎明到来；接着，一道红色的光芒一直照到床上，像一条火带搭在被毯和死者的双手上。这是她那么喜欢的时刻。醒来的鸟儿正在树丛中歌唱。

我敞开窗户，拨开窗帘，让整个天空都能看到我们；我俯身在冰冷的尸体上，捧起面容损毁的脑袋，然后慢慢地，不害怕也不反感，在这从未被人吻过的嘴唇上接了一个吻，一个长长的吻……

莱昂·舍纳尔不说了。女士们都在哭。听得见坐在车夫旁边的德·埃特拉依伯爵一下一下擤着鼻涕。只有车夫在打盹。马不再感到鞭子抽打，已经放慢了脚步，懒洋洋地拉着。四轮大马车吃力地走着，仿佛满载着忧伤，突然变得沉重了似的。

遗产 *

* 本篇首次发表于一八八四年三月十五日至四月二十六日的《军事生活》周刊；同年首次收入维克多·阿瓦尔出版社出版的莫泊桑小说集《密斯哈丽特》。

献给卡迪尔·蒙岱斯①

1

虽然还不到十点钟,职员们已经从巴黎的四面八方匆匆到来,像潮水般涌进海军部的大门,因为时近新年,正是卖劲和争取晋升的关口。急促的脚步声充满了宏伟的大楼。这大楼像迷宫般迂回曲折,走廊像田垄般纵横交错,走廊两边开了无数的门,通向一个个办公的房间。

每个人都钻进各自的格子间,跟先到的同事握握手,脱掉礼服,换上工作穿的旧衣裳,在堆满等他处理的文件的桌

---

① 卡迪尔·蒙岱斯(1843—1909):法国作家、诗人,早期帕尔纳斯派文人,和他的妻子于蒂特(泰奥菲尔·戈蒂埃的长女)一起推动了法国人对瓦格纳的了解。他和莫泊桑早在一八七六年就相识;一八八四年他主持的《人民生活》杂志发表了莫泊桑的一些作品,更增进了两人的友谊。

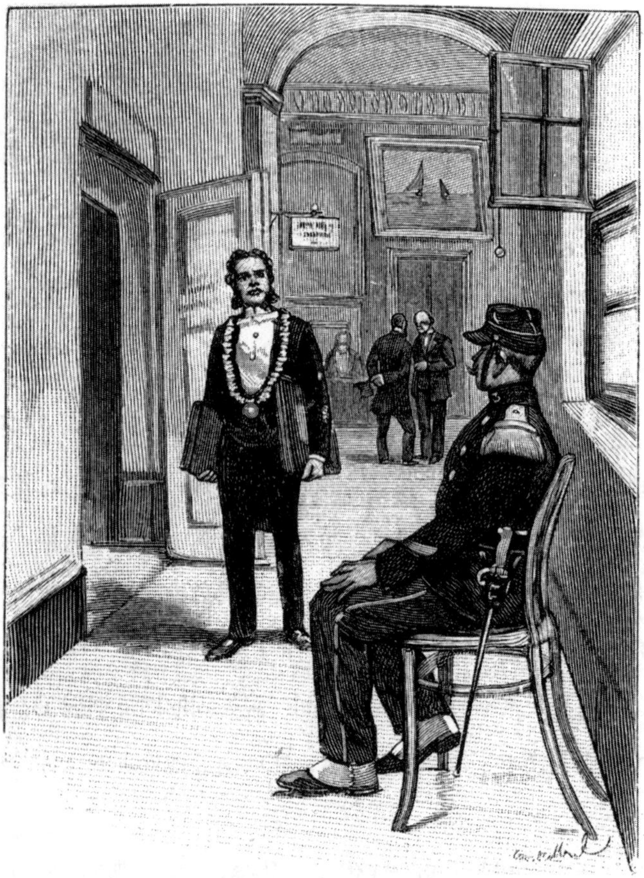

子前面坐下。接着，他们便去邻近的办公室探听消息。他们首先打听科长来了没有，他的心情看上去好不好，当天的来文多不多。

装备科收发员塞萨尔·卡舍兰①先生退伍前是一名海军陆战队的士官，因为效力年头长才熬成了主任科员②。他正在把部长办公室勤务员刚送来的所有文件登记在一个大本子里。他对面的缮写员萨翁老伯，一个因为夫妻间的不幸在部里出了名的糊涂老头儿，正歪着身子，斜着眼睛，摆着一副专心致志的缮写员的僵硬姿势，用迟钝的手抄写着科长起草的一份电报。

卡舍兰先生是个胖子，短短的白头发像刷子一样竖立在脑瓜上。他一边干着日常的活计一边念叨着："土伦③的电报三十二封。这个港口发来的电报比其他四个港口加起来还

---

① 文献证明，当时法国海军部确有卡舍兰其人，任职于装备科第四办公室。
② 由下文可知，卡舍兰晋升为主任科员是一个多星期以后的事。
③ 土伦：法国市镇，东南部濒临地中海的重要港口城市，法国最大的军港，今普罗旺斯－阿尔卑斯－蓝色海岸大区瓦尔省省会。另外四个军港是濒临大西洋的洛里昂、罗什福尔、布勒斯特和瑟堡。这五个地方都有海军兵工厂。

多。"然后,他就向萨翁老伯提出每天早上必提的问题:"喂,我的萨翁老伯,您太太好吗?"

老头儿连手里的工作都没停就回答:"卡舍兰先生,您明明知道这个话题对我来说是非常痛苦的。"

收发员笑了起来;他每天听到这句同样的话,都会开心一笑。

门开了,马兹先生走进来。这是个褐发的漂亮小伙子,穿戴非常地考究,总觉得被委屈了,认为自己的相貌和仪表远在他目前的地位之上。他戴着几枚老大的戒指、一条老粗的表链,还架着一副单片眼镜;不过这副眼镜只是为了显得帅气,因为工作的时候他就把它摘掉。为了显摆他袖口上装饰的闪亮的大金纽扣,他的手腕总在不断地晃动。

他一进门就问:"今天活儿多吗?"卡舍兰先生回答:"仍然是土伦来得多。眼看快到新年了,他们在那边干得格外卖劲。"

这时,另一个职员、爱开玩笑、很有风趣的皮托莱先生,一边往里走一边高声问:"我们这么干,难道就不是卖劲?"

接着,他掏出怀表,说:"十点钟还差七分,全都各就各位了!小马兹,您说这叫什么?我敢跟您打赌,勒萨勃尔阁下准和我们尊贵的科长一样,九点钟就到了。"

收发员停下不写了,把笔夹到耳朵上,胳膊肘拄着写字桌,说:"啊!可不,这一位要是出不了头,那可绝不能说他没卖力气!"

皮托莱先生坐在桌子的一个角上,晃悠着一条腿,回答:"不过,他一定会出头的,卡舍兰大叔,他一定会出头的,您放心吧。我拿二十法郎对一个苏跟您打赌,不出十年,他准能当上科长。"

马兹先生一面在炉火边烘着大腿,一面卷着香烟,大声说:"呸!要是我,我宁愿一辈子领两千四百法郎不动,也不愿意像他那样卖命。"

皮托莱垫着脚后跟打了一个旋转,用嘲笑的语调说:"可是,亲爱的,这并不妨碍您,今天,十二月二十日,十点钟不到,您就在这儿了。"

不过对方不以为然地耸了耸肩膀,说:"当然喽!我也不希望所有人都从我的背上越过去!既然你们每天都到这儿来看日出,我就同样做呗,尽管我觉得你们这么勤快很可怜。可这比勒萨勃尔还差得远呢,他口口声声称呼科长'亲爱的科座',六点半钟才下班,还带着活儿回家做。再说,我是个爱跟上流社会交往的人,我有许多其他的事情要做,这就花去我不少时间。"

卡舍兰先生早就停下登记收文的工作,两眼呆呆地想着什么。他终于发问:"你们认为他今年还会升级吗?"

皮托莱大声说:"依我看,他十拿九稳会升级。他那么滑头,不会没有好处的。"

他们又谈起升级和奖金这个老生常谈的问题;一个月以来,这些问题让这个坐班人的大蜂窝从底层到顶楼都为之疯狂。

人们估计着升级的机会,假设着奖金的多寡,掂量着可能获得的职称,并且对预料中的不公提前表示义愤。人们没完没了地重启前一天进行过的

讨论，而且总是一成不变地使用同样的理由、同样的论据、同样的词句。

又一个科员走进来，是布瓦塞尔先生，一个小矮子，脸色苍白，带着病容。他就像永远生活在大仲马的小说里，不论什么事，在他眼里都可以成为非同寻常的奇遇。他每天早上都向他的伙伴皮托莱讲述他前晚的奇遇：他那座房子里纯属想象的悲剧啦；半夜三点二十分大街上突然传来的引得他推窗探望的惨叫啦。他每天都奋勇拉架，拦截惊马，解救临危的妇女。尽管他身体羸弱，但是这并不妨碍他不停地用自信的语气，慢条斯理地历数他挥拳抡臂完成的丰功伟绩。

他一听出人们在议论勒萨勃尔先生，就表示："总有一天我要教训一下这个毛头小子；如果他敢从我的背上越过去，我会整得他再也不想这么做！"

一直在抽烟的马兹冷笑了一声，说："要整他，您最好今天就动手，因为我从可靠的来源得知，您今年已经被搁在一边，让位给勒萨勃尔了。"

布瓦塞尔举起一只手，说："我向你们发誓，如果……"

门又开了，一个神色忙碌的年轻人，小个子，留着海军军官或是律师的颊髯，衬衫的直领高高地立着，风风火火地走进来。这人说话很快,仿佛没有时间把话说完似的。他就像个没工夫闲逛的人,跟大家握了手,便走到收发员身边说:"亲爱的卡舍兰,您能把沙普鲁的档案拿给我吗? 土伦,A.T.V.1875,缆绳。"

卡舍兰站起来,从头顶上的一个纸箱里取出一包放在蓝封套里的文件,递给他,说:"给您,勒萨勒尔先生;您也许不知道,科长昨天从这份档案里取走了三封电报?"

"我知道。在我那儿,谢谢。"

这年轻人又匆匆地走出去。

他刚走,马兹就大声说:"瞧见了吧! 什么派头! 就像他已经是科长了似的。"

皮托莱的看法却不同:"等着瞧吧! 等着瞧吧! 他一定会比我们所有人都先当上科长。"

卡舍兰先生没有再动笔,就像有个念头在纠缠着他,他也说:"这个小伙子,将来一定很有出息!"

马兹不屑地嘀咕道:"对那些想在部里干一辈子的人来说,是这样;可是对别的人来说,这真算不了什么……"

皮托莱打断他的话,说:"您也许想当大使吧?"

对方做了一个不以为然的表情,说:"这和我无关。我才不在乎呢！不过，一个科长，在上流社会里根本算不了什么。"

誊写员萨翁老伯片刻也没有停止抄写。不过这会儿他总在一下下地蘸墨水，然后又一个劲地在小盂里浸泡的海绵上蹭着，一个字也没写出来。黑墨水顺着钢笔尖往下滑，在纸上滴成一个个圆圆的墨迹。老头儿吃了一惊，看着又得重新开始的抄件，惊慌而又歉疚。像这样糟蹋了的抄件，这段时间以来实在是太多了。他灰心丧气地嘟哝着：

"瞧，又是那种偷工减料的墨水！……"

在场的人全都哈哈大笑。卡舍兰用他的肚子撼动着桌子；马兹深深地弯着腰，仿佛要退缩到壁炉里；皮托莱又是跺脚又是咳嗽，还使劲甩着右手，仿佛有水要甩掉似的；而布瓦塞尔几乎笑得憋过去，尽管他通常看事情总看到悲剧的一面而看不到喜剧的一面。

可是萨翁老伯呢，在他的西装下摆上擦着笔尖，说："没什么可笑的。我所有的工作都得返工两三遍。"

他从纸夹里又抽出一张纸，对准了衬格纸，从抬头开始重新写："部长先生，亲爱的同事……"现在笔尖留得住墨水，可以清晰地写出字来了，老头儿又恢复了他歪斜的坐姿，继续抄写。

其他人都大笑不止,笑得喘不过气来。将近半年以来,他们一直在跟这个老头儿开同样的玩笑,他居然丝毫也没有发觉。原来他们在擦钢笔尖用的湿海绵上滴了几滴油,这样钢笔尖就沾上黏稠的液体,留不住墨水,害得这位缮写员一连几个钟头地纳闷和苦恼,浪费了一盒又一盒笔尖、一瓶又一瓶墨水,最后只能宣布现在的办公用品完全是次货。

后来玩笑越演越厉害,变成了胡闹和恶搞。他们往老头儿的烟草里掺打猎的火药,往他时不时喝一杯的大肚玻璃瓶里倒药水;结果真的让他以为自从公社①以来,为了嫁祸给政府,引起革命,大部分日用品都被社会主义者掺了假。

他本来就对无政府主义者怀有强烈的仇恨,现在更认为到处都埋伏着、隐藏着他们的人,因此他总是神秘兮兮的,生怕遇到一个看不见但是非常可怕的陌生人。

走廊里突然响起一阵铃声。他们都很熟悉,这是托尔舍波夫科长的愤怒的铃声。于是所有人都冲向门口,赶回各自的隔间。

---

① 公社:指一八七一年的巴黎公社革命运动及其建立的巴黎公社政权。

卡舍兰又继续登记。可是过了不久他又把笔搁下,两只手捧着脑袋思索起来。

一段时间以来困扰着他的一个想法正在成熟。这个海军陆战队的退伍下士受过三次伤,一次在塞内加尔,两次在交趾支那①;那以后,他受到特殊照顾,进了海军部。他一直在最卑微的岗位上度过了漫长的生涯,吃过很多苦,受过很多磨难和挫折;因此他认为,

---

① 法国曾在一八五五年前后武装干涉塞内加尔。法国历史上称越南南方为交趾支那(Cochinchine);一八六二年法国开始对这一地区实行殖民战争和统治,这个词又特指法属交趾支那。

权柄，官方赋予的权柄，是世界上最美好的东西。在他看来，一个科长就像一个生活在高不可攀的星球的非凡存在；就连那些听人说"这人很滑头，很快会高升"的科员，在他心目中也属于另一个种族，和他天生就不同。

所以他对这个叫勒萨勃尔的同事尊重得近乎崇拜，心里总有一个暗暗的希望，执拗的希望：让他娶自己的女儿。

她总有一天会有钱，很有钱。这一点整个部里的人都知道，因为他的妹妹卡舍兰小姐有一百万，一百万净资产，包括现金和不动产。据说这些都是她靠出卖爱情得来的，不过后来她成为虔诚的教徒，这些钱财已经得到了净化。

老姑娘年轻时操过风流的行当，后来带着五十万法郎全身而退。她非常节俭，平时过着比清贫还要节俭的生活，这笔财产在十八年里翻了一倍还多。她多年来一直住在弟弟家。弟弟在妻子死后没有再续弦，一直带着女儿柯拉莉鳏居。但是她对家里的开销，贡献却少之又少，只顾死守和积攒她的钱财，还总跟卡舍兰唠叨："没什么关系，反正都是你女儿的。不过你赶快把她嫁人吧，我盼着看到我的外孙子。只有她能够让我享受到吻咱们血统的孩子的乐趣。"

这个情况在部里可以说尽人皆知；跃跃欲试的不乏其人。

连马兹，漂亮的马兹，科里的花花公子，也怀着显而易见的企图围着卡舍兰大叔打转。不过这退伍士官是个饱经世故的老油子，他要的是一个前程远大的年轻人，将来能当上科长，好让他塞萨尔，一个老下士，再得到一点尊重。在他看来勒萨勃尔就非常符合他的要求，他早就在想方设法把他引到自己家里去。

他突然搓着手，站起来。他有办法了。

他了解每个人的弱点。要打动勒萨勃尔，只能从他的虚荣心，从他职业上的虚荣心下手。他决定去寻求他的保护，就像人们寻求一位参议员、众议员或者其他高层人物保护一样。

卡舍兰已经有五年没有晋级，他相信自己今年肯定可以升一次了。他就装作以为这是多亏勒萨勃尔的举荐，借机邀请他到家里吃顿饭以表谢意。

计划一想好，他就开始实行。他从衣柜里摘下出门穿的外衣，脱掉身上的旧衣裳，拿起登记好的和这位同事的业务有关的文件，就去找他。由于工作勤奋，职务重要，勒萨勃尔获得特别待遇，独自享有一间办公室。

这个年轻人正俯身在一张偌大的办公桌上，在打开的文件夹和用红笔或蓝笔注明编号的卷宗中间奋笔疾书。

见收发员走进来,他就用亲切中透着尊敬的语气问:"好嘛,亲爱的朋友,您给我送来很多公事,是吧?"

"是的,不少。另外我还想跟您谈一谈。"

"请坐,我的朋友,我听您说。"

卡舍兰坐下,轻轻咳了一声,做出有点慌乱的样子,用有些为难的语调说:"是这么回事,勒萨勃尔先生。我就不兜圈子了。我就像个大兵一样直话直说了。我是来求您帮忙的。"

"帮什么忙?"

"长话短说吧。我今年无论如何需要升级了。可是我没有保护人,我就想到您。"

勒萨勃尔的脸顿时红了;他又吃惊又高兴,困窘里充满得意之情。不过他还是回答:

"可是,在这上面我起不了什么作用呀,我的朋友。我比您差得多了,您就要成为主任科员了。我实在什么也做不了。请相信……"

卡舍兰连忙打断了他的话,不过仍然是恭恭敬敬地说:"别客气啦!您说话对科长很有影响,只要您在他面前替我美言一句,我就通过了。请您想一想呀,再过一年半我就要退休了,如果到一月一日我还不能升级,我将来就少拿五百法郎。我知道人们都在说：'这对卡舍兰不算大事，他姐姐有一百万。'这倒是真的，我姐姐确实有一百万；可是她的一百万要搁在那里下崽儿，她是不会给人的。那是留给我女儿的，这也是真的；可是我女儿跟我是两个人呀。等我到了七老八十，我的女儿女婿坐着金车玉辇，而我连塞牙缝的东西也没有，那不是太惨了吗！您明白这情况，是不是？"

勒萨勃尔点头表示赞同："您说得对，很对。您未来的女婿也许会待您不太好。当然，总是最好不依赖任何人。总之，我答应您尽我所能，我会跟科座谈这件事，我会向他说明您的情况；必要的话，我会坚持一下。您就放心吧！"

卡舍兰站起身，抓起这位同事的双手，像军人一样紧紧握着，摇晃着，一边嘟嘟哝哝地说："多谢啦，多谢啦。请相信我，如果我有机会……如果我可以……"由于找不到适当的字眼来结束这次谈话，他没把话说完就走了。走廊里回响起他那大兵的有节奏的脚步声。

但是他远远听到一阵暴躁的铃声，撒腿就跑，因为他听出了那铃声，那是科长托尔舍波夫先生在召唤他的收发员。

一个星期以后的一天早上，卡舍兰在他的办公桌上发现

一封已经封好的信,信中写道:

  亲爱的同事,我很高兴地告诉您,根据处座和科座的提议,部长昨天已经签字任命您为主任科员。您明天就会接到正式通知。在此以前,您当作什么都不知道,好吗?

         您的朋友
         勒萨勃尔

  塞萨尔立刻跑到这位年轻同事的办公室,对他表示感谢,抱歉给他添麻烦了,愿意为他效劳,一连串说了许多感恩戴德的话。

  果然,第二天大家就得知勒萨勃尔先生和卡舍兰先生都升了一级。其余的科员不得不等待来年交好运了;作为补偿,他们只能领到一百五十到三百法郎的奖金。

  布瓦塞尔先生又扬言,这两天他会找一个晚上,半夜的时候,在勒萨勃尔住的那条街的拐角等着他,狠揍他一顿,让他爬不起来。其余的科员都没有吭声。

  下个星期一,卡舍兰一到部里就直奔他的保护人的办公室。他神色庄重地走进去,恭恭敬敬地说:"我希望您能赏光,三王来朝节①前后到寒舍吃个晚饭。日子由您定。"

年轻人有点意外,抬起头,凝视着这位同事的眼睛,想看出对方打的什么主意;他一边看着一边回答:"可是,亲爱的朋友,这……最近一段时间我每天晚上都已经有约了。"

卡舍兰用恳求的语调坚持说:"瞧,您帮了我们这么大的忙,就别拒绝我们,让我们伤心了。我以我全家和我个人的名义求您啦。"

勒萨勃尔有些不知所措,还在犹豫。他已经明白是怎么回事了,但是他来不及考虑,来不及掂量该去不该去,所以他不知道怎么回答才好。最后他想:"无非是吃顿饭,并不等于我答应什么。"他便坦然接受了,并且定在下星期六。他还微笑着补上一句:"这样,第二天我就不必很早起床了。"

---

① 三王来朝节:又称主显节,一个基督教节日,纪念三博士拜访初生耶稣,时间为每年一月六日或元旦后的第一个星期天。分吃烘饼是这个节日的重要习俗,饼中放一个豆子或小瓷人等,吃到豆子或瓷人者象征性地戴王冠、做国王、选王后。

2

卡舍兰先生住在罗什舒阿尔街门牌号码大的那一头，六楼的一套小公寓里，带一个阳台，从那里可以看到整个巴黎。三间卧室，一间他姐姐住，一间他女儿住，一间他自己住；还有一间是饭厅兼客厅。

整整一个星期，他都在忙着准备这顿晚饭。为了筹划出一顿既实惠又出色的晚餐，光是菜单就讨论了很久。最后确定如下：鸡蛋汤、煮虾和灌肠拼盘、龙虾、嫩仔鸡、罐头青豆、鹅肝酱、凉拌生菜、冰激凌，还有饭后甜食。

鹅肝酱是在附近一家肉食店买的，指明了一定要头等的，一小罐就花了三法郎五十生丁[①]。葡萄酒呢，卡舍兰找的是街角的一家酒铺，他平常喝的红葡萄酒就是从这家酒铺零购的。他没有去大店是经过一番推敲的：小零售商很少有机会把他们的好酒卖出去，在酒窖里搁的时间长，一定好上加好。

---

① 生丁：法国旧时辅币，五生丁等于一苏，二十苏等于一法郎。

为了检查一下是不是一切都准备停当，星期六他很早就回家了。女佣走来给他开门。她的脸比西红柿还红，因为她怕临时来不及，从中午就一直把炉火烧着，脸整整烘了半天；当然，紧张得手忙脚乱也是个原因。

他走进饭厅，一样样仔细检查。饭厅不大，中间摆着一张圆桌，在绿罩吊灯的明亮的灯光下像个很大的白色斑点。

四个盘子上面盖着姑姑卡舍兰小姐叠成主教帽似的餐

巾，两边摆着银白色的金属刀叉，前面放着一大一小两个酒杯。塞萨尔觉得看上去还不够气派，于是叫喊："夏洛特！"

左边的门开了，一个矮小的老太太走出来。她比弟弟年长十岁，一张窄窄的脸，周围的白发都用卷发纸做成卷儿。她的嗓音纤细，即使对她伛偻的矮小身材来说，她说话的声音也显得太微弱；她走路有些蹒跚，动作无精打采。

她年轻的时候，人们谈到她，可总是夸她："多么娇小可爱的造物啊！"

现在她已经变成一个瘦小的老太婆，一年到头都保持得干干净净，爱意气用事，固执，心胸狭窄，爱挑剔，容易发脾气。不过自从虔诚信教，她似乎把往日的风流事儿忘得一干二净。

她问："你要干什么？"

他回答："我觉得两个杯子不够大气。要是加一瓶香槟酒……不过就是三四法郎的事，可以马上就把高脚杯① 摆上来。这样一来，饭厅的气派就大不一样了。"

---

① 高脚杯：一种长腿细身的酒杯，一般用来饮用开胃酒、白兰地等非主餐酒类。

卡舍兰小姐接着说:"我看不出花这笔钱有什么好处。不过,反正是你付钱,跟我没关系。"

他犹豫着,在试图说服自己:"我可以保证,这样好得多。再说,三王来朝饼配香槟,这才更有气氛。"这个理由让他下定了决心。他拿起帽子就跑下楼,五分钟以后就拿着一瓶酒回来。酒瓶上贴着带巨型纹章的宽阔的白色商标,上面印着"德·沙泰尔-雷诺沃伯爵特制多沫上等香槟酒"的字样。

卡舍兰说:"我只花了三法郎,据说味道好极了。"

他亲自从柜子里取出高脚杯,在每个座位前面摆了一个。

右边的门开了,他的女儿走进来。她高高的个儿,胖

嘟嘟的，红润的脸蛋儿，栗色的头发，蓝眼睛，是个体格健壮的美丽的姑娘。一件朴素的连衣裙勾画出她丰满柔软的身段。她那近乎男人的洪亮的声音，低沉时会震颤人的神经。她一边像孩子似的拍着手，一边惊呼："天哪！香槟酒！太幸福了！"

父亲对她说："你特别要注意，对这位先生要客气；他帮了我很多忙。"

她爽朗地笑了，意思是说："我知道。"

门厅的铃声响了，几个门都打开又关上。勒萨勃尔出现了。他穿一身黑礼服，戴一条白领带、一双白手套。他的出现让人眼前一亮。卡舍兰又是惭愧又是高兴，快步迎上去，说："噢！亲爱的朋友，都是自家人；您瞧我，我还穿着家常便服呢。"

年轻人回答："我知道，您跟我说了；不过我习惯了，晚上出门从来都要换上礼服。"他的上衣的扣眼上别着一朵花。他把折叠式的高顶大礼帽夹到胳膊下面，向大家躬身致敬。塞萨尔向他介绍："我的姐姐夏洛特小姐；我的女儿柯拉莉，我们家里人都叫她柯拉。"

大家都躬身回礼。卡舍兰又说："我们家没有客厅。这里有一点局促，不过习惯了也就好了。"勒萨勃尔回答："这样很好！"

他本想把礼帽放在身边，可是主人热情地拿过去挂起来，他便连忙脱起手套来。

大家都坐了下来；两个妇女隔着饭桌远远看着他，没有说话。还是卡舍兰先开口，问："科长是不是待到很晚才离开？我呢，为了帮她们娘儿俩，我早走了一步。"

勒萨勃尔从容不迫地回答："不。我跟科座是一起出来的，因为我们要商量一下怎么解决布勒斯特①那批防雨帆布的问题。这件事很复杂，处理不好会给我们添很多麻烦。"

卡舍兰觉得有必要让姐姐知道，便转过脸对她说："办公室里遇到棘手的问题，都交给勒萨勃尔先生处理。可以说他就是代理科长。"

老姑娘礼貌地躬了躬身，一面表示："噢！我知道先生很有才干。"

女佣两手端着一个有盖的大汤盆，用膝盖顶开门，走进

---

① 布勒斯特：法国市镇，濒临大西洋，法国第二大军港，今布列塔尼大区菲尼斯泰尔省首府。

来。主人于是高声说:"喂,入座吃饭吧! 勒萨勃尔先生,您坐在那儿,在我姐姐和我女儿中间。我想您不至于害怕女士吧。"晚饭就开始了。

勒萨勃尔带着有些自满、近乎俯就的神情,尽量表现得和蔼可亲。他不时地瞟年轻姑娘一眼,她的青春,她的令人垂涎的健康美,令他惊异。夏洛特小姐知道弟弟的心意,表现得特别卖力,一直帮衬着东拉西扯、平庸无味的交谈,免得冷场。卡舍兰眉飞色舞,大声说着话、逗着乐,一次又一次地斟一个钟头以前从街角小店买来的葡萄酒:"勒萨勃尔先生,来一杯这勃艮第①。我不跟您说这是特级名酒,但是这酒的味儿很好,是窖藏了很久的酒,而且是原酿;这个我敢担保。我们是从那边的朋友那儿弄来的。"

年轻姑娘什么也没说。她的脸有点红,有点害羞,因为这个年轻人在旁边而感到不好意思;她在猜测他会怎么想。

龙虾端上来的时候,塞萨尔说:"这可是一位我们很乐意结交的大人物。"勒萨勃尔笑着说:有这么一位作家曾经把龙

---

① 勃艮第:法国中南部古省,具有特殊历史文化传统地区,现为勃艮第-弗朗什-孔泰大区的一个部分,以盛产红葡萄酒和干白葡萄酒著称。

虾叫作"海洋的红衣主教"①，却不知道这种动物在烧熟以前是黑色的。卡舍兰放声大笑，连说了几遍："哈，哈，哈！真有趣。"但是夏洛特小姐生气了，怒气冲冲地说："我不知道这中间有什么关系。那位先生也实在不成体统。我能够理解所有的玩笑，所有的，但是我反对在我面前拿圣职人员开玩笑。"

年轻人正想讨这位老姑娘的欢心，便借这个机会大表了一番自己对天主教的信仰。他批评一些缺乏教养的人轻率地对待伟大的真理。他总结道："我呢，我尊重和崇敬先辈的宗教，我是在这种信仰中长大的，我至死都要信守它。"

卡舍兰不再嬉笑。他一面用面包搓成一个个小球儿，一面嘟哝着："说得对，说得对。"然后他就岔开了这个让他厌烦的话题。一个每天都做同样工作的人，思路有他自然的倾向，他问："帅哥马兹没有升级，一定很生气吧？"

勒萨勃尔微微一笑："那有什么办法？论功行赏嘛，每

---

① 语出法国记者、作家和评论家于勒·雅南（1804—1874），曾长期主笔《辩论报》戏剧评论专栏。他在一篇文章中称龙虾为"海洋的红衣主教"，有人指出龙虾原为紫色，煮熟才变成红色。他辩解说，正如穿紫袍的主教升为红衣主教才穿上红袍，龙虾是在加上葡萄酒奶油汤汁烹调后才由蓝紫色变成红色。

个人都一样！"谈起部里的事，所有的人都热情高涨，两个女人每天晚上都听卡舍兰谈论部里同事的情况，对他们几乎跟卡舍兰一样熟悉。夏洛特小姐很关心布瓦塞尔，因为她喜欢他讲的那些惊险故事和他的浪漫情怀；而柯拉小姐对帅哥马兹暗暗地有几分好感。不过她们根本就没有见过他们。

勒萨勃尔带着高高在上的口吻议论着这些人，就像部长谈论他的下属一样。

大家听他说着："马兹不是没有能力；但是这个人要想升上去，必须比他现在更勤奋些才行。他爱交际，爱玩乐，这一切必然会让他分心。有这些缺点，他不会有太大的发展。靠他的关系，也许他能当个副科长，但是不会升得更高了。至于皮托莱，他的文稿拟得不错，应该承认这一点；不可否认，他的文字在形式上还是比较美的，可惜缺乏深度。在他身上，一切都表现在表面上。这个年轻人不适合在一个重要部门做领导，不过，如果有一个精明的主管对他的工作善加点拨，倒也是一个可用之才。"

夏洛特小姐问："那么布瓦塞尔先生呢？"

勒萨勃尔耸了耸肩膀："一个可怜虫，一个可怜虫。您向他交代得再准确，他也一窍不通。他睁着眼睛做梦，只会胡编乱造。对我们来说，这个人就是个废物。"

卡舍兰笑了起来，大声说："最好的还是萨翁老伯。"引得大家都笑了。

人们接着又谈起各个剧院和当年上演的剧目。勒萨勃尔以同样权威的口吻对戏剧创作大加评论，把作者分成精确的等级，像自认为无所不通绝不会看错的人常做的那样，信心满满地判定着每位作家的优点和缺点。

烤仔鸡吃完了。塞萨尔小心翼翼地揭着肥鹅肝酱的盖子，看他那隆重的神气，人们就会猜想那里面的东西一定极其珍贵。他一面揭一面说："我不知道这一次做得成功不成功。不过每一次吃得都非常满意。是住在斯特拉斯堡①的一个表兄送给我们的。"

每个人都珍而惜之地细嚼慢咽，直到把装在黄色罐里的美食吃个一干二净。

冰激凌上来了，不过那真是一场灾难，冰激凌变成了汤汁，调味汁，变成了稀汤寡水，在高脚盘里荡漾。原来小女

---

① 斯特拉斯堡：法国东北部阿尔萨斯地区重镇，今大东大区首府和下莱茵省省会。

佣怕自己弄不好，请糕点店的小伙计早上七点钟一送来就亲自把冰激凌从模子里倒出来。

卡舍兰很扫兴，想叫她端回去，不过他一想后面还有三王来朝饼这个重头戏，也就平静下来。他神兜兜地切分着糕饼，仿佛里面藏着一级秘密。所有人都凝视着这具有象征意义的糕饼，传到每个人面前时，大家都要嘱咐他闭上眼睛取一块。

谁会吃到那颗豆子？每个人的嘴角都露出傻气的微笑。勒萨勃尔突然轻轻地"啊"了一声，用大拇指和食指捏着一颗大白豆给大家看，豆子上面还裹着面糊。卡舍兰鼓起掌来，然后高喊："选王后啦！选王后啦！"

国王的脑子稍稍犹豫了一下。如果他选夏洛特小姐，这不是一个很明智的举动吗？她一定很高兴，也就赢得了她的欢心，把她争取过来了。可是他转念又想：人家其实是为了柯拉小姐才邀请他的，他却选了姑姑，岂不显得像个傻瓜？于是他把脸转向坐在身边的年轻姑娘，向她献上这粒至高无上的豆子："小姐，请允许我把它献给您好吗？"于是，他们第一次面对面相看。她说，"谢谢，先生！"便接下了这象征王权的伟大信物。

他想："这姑娘真漂亮。她的眼睛美极了。不仅如此，她还挺洒脱！"

"砰"的一声巨响把两个女人吓了一跳。卡舍兰刚刚拔掉香槟酒的瓶塞，酒从瓶子里猛地喷涌而出，流到桌布上。接着，每个人的酒杯都堆满了泡沫，主人大声说："这酒果然好，一看就知道。"勒萨勃尔怕酒漫出了杯子，正准备喝，塞萨尔看到，便高呼："国王喝酒了！国王喝酒了！国王喝酒了！"夏洛特小姐也很兴奋，尖声叫喊："国王喝酒了！国王喝酒了！"

勒萨勃尔不动声色地一饮而尽，然后把杯子放到桌子上，说："你们都看见了，我一点也不含糊。"他接着转向柯拉小姐，说，"该您了，小姐！"

她正要喝，但是听见大家叫喊："王后喝酒了！王后喝酒了！"她的脸一下子红了，扑哧笑了起来，又把高脚酒杯放下。

晚饭在欢乐的气氛中结束，国王对王后表现得殷勤而又多情。喝过利口酒①，卡舍兰宣布："现在让用人把餐具撤掉，

---

① 利口酒：以白兰地、威士忌、朗姆酒等为基础加香料制成的高度葡萄酒或浓甜葡萄酒，一般当作餐后甜酒饮用。

给我们腾出地儿；如果不下雨，咱们去阳台上待一会儿。"他很想向客人显示一下这里的视野，尽管这时天已经黑了。

拉开玻璃门，一股潮湿的微风吹进来。外面挺温和，就像到了四月一样。所有人都跨过隔开饭厅和宽敞的阳台的门槛。什么也看不见，只有一片朦胧的亮光，像画在圣人们额头的光轮，笼罩着这偌大的城市。东一处西一处，有几点亮光看上去很明显，卡舍兰便解说起来："瞧，那边闪亮的，是伊甸园①。那一条线，是

---

① 伊甸园：巴黎的一家通俗芭蕾舞剧院，位于第九区布德娄街七号，一八八三年一月七日开业，盛极一时，颇有与相邻的巴黎歌剧院竞争之势。

林荫大道①。嘿！看得多么清楚。白天从这里看，那才叫壮观呢。您用不着去旅游，您去哪儿也看不到比这更好的景致了。"

勒萨勃尔把胳膊肘支在铁栏杆上，站在柯拉小姐旁边；而柯拉小姐突然陷入常会令人发呆的伤感，望着空中，沉默不语，若有所思。夏洛特小姐怕潮湿，回饭厅去了。卡舍兰仍继续介绍着，伸手指着荣军院②、特洛卡代罗宫③、星形广场的凯旋门④所在的方向。

勒萨勃尔用不高不低的声音问："柯拉小姐，您也喜欢从这高处看巴黎吗？"

仿佛他把她唤醒了似的，她微微打了一个激灵，回答："我

---

① 林荫大道：此处指巴黎市内从巴士底广场到玛德莱娜广场的几条连续的林荫大道，十九世纪末是巴黎最时尚和繁华的地带。

② 荣军院：巴黎的一座重要的纪念性建筑，一六七〇年由路易十四国王下令始建，用于接待伤残军人；现设有数个军事博物馆，存有拿破仑一世的棺木。

③ 特洛卡代罗宫：为一八七八年世界博览会而兴建的庞大建筑，兼具摩尔和拜占庭风格，两侧各有一个突出的塔楼；一九三五年为迎接一九三七年世界博览会而拆除。

④ 星形广场的凯旋门：巴黎一座重要的纪念性建筑，在香榭丽舍大街的西端，星形广场的中央，由拿破仑一世决定修建以纪念其武功，始建于一八〇六年，建成于一八三六年。

吗?……我喜欢,特别是在晚上,我会想,在那里,在我们眼前,正发生着什么事呢?在这些房屋里,有多少幸福的人,又有多少不幸的人啊!如果什么都能看见,人们该知道多少事情啊!"

他向她越靠越近,几乎挨到她的胳膊肘和肩膀了:"月光明亮的时候,那一定像仙境一样!"

她轻声说:"我想是吧。就像一幅居斯塔夫·多雷①的版

---

① 居斯塔夫·多雷(1832—1883):法国插图画家、画家、版画家。他曾为但丁的《神曲》、基督教的《圣经》、塞万提斯的《堂吉诃德》、拉封丹的《寓言》等文学名著作图。他的大型油画作品多表现梦境。

画。要是能在屋顶上悠闲地散步,那该多么开心啊!"

于是他问起她的爱好,她的梦想,她的乐趣。她并不拘束,像个很有思想、很明事理而又不耽于幻想的女孩那样回答着他的问题。他觉得她很有理智;他心想:如果能搂着她丰满而结实的腰,久久地拥抱她,紧挨着她的耳朵,一下一下的,像一小口一小口抿上等烧酒一样,慢慢地、轻轻地吻她那被灯的余光照着的鲜嫩面颊,该是多么甜蜜啊!这紧挨着女人的感觉,这对成熟而又纯洁的肉体的渴望,这年轻姑娘的微妙的诱惑力,把他深深吸引和感动了。就好像能够俯身在她身旁,感受她近在咫尺的快意,身心浸透了和她接触的甜美,即使让他几个小时、几个夜晚、几个星期,永远永远待在那里他也乐意。偌大的巴黎,灯火辉煌,过着它的夜生活,它的吃喝玩乐、纸醉金迷的生活。面对展现在他面前的巴黎,一种近乎诗意的情感让他心潮翻腾,他感到自己就像凌驾于庞大的巴黎,在它的上空翱翔;他感到,如果每晚都能在这阳台上,俯身在这栏杆上,在这庞大的城市上方,超越它封闭着的所有情爱,超越所有庸俗的满足,超越所有平庸的欲望,靠近满天星斗,在一个女人身旁,亲吻,相爱,拥抱,那一定是无比美妙。

有一些夜晚，连最缺乏热情的心灵也会像长出了翅膀似的，突然做起梦来。他也许有一点醉了。

去找烟斗的卡舍兰，一边点着烟斗，一边走回来。"我知道您不抽烟，所以我就不敬您香烟了，"他说，"可是，真没有比在这儿抽支烟更惬意的事了。我要是住在下面会闷死的。我们可以住楼下，这座房子都是我姐姐的，左边和右边的两座也是。她光收房租就很可观。这些房子当时并没有花她多少钱。"他转过身，朝饭厅大声问："夏洛特，你买这里的几块地皮花了多少钱？"

老姑娘用她那尖细的声音说了好一会儿，勒萨勃尔只听到一鳞半爪："……一千八百六十三年……三十五法郎……后来盖了……三座房子……一位银行家……至少能卖五十万法郎……"

她说起自己的财产来，就像一个老兵叙述他参加过的战役一样自鸣得意。她一一列举着她置办的产业：花多少钱买的；多少人提出要买她都没动心；它们怎样不断增值；等等。

勒萨勃尔完全被吸引了，已经转过身去，现在是背靠着阳台的栏杆。但是，由于只能听清老处女解说的只言片语，他突然撇下年轻的女伴，回去听个仔细。他在夏洛特小姐身边坐下,从房租涨价的可能性,到把钱投在证券和不动产的收益孰大孰小,跟她谈了很久。

将近半夜十二点钟他才告辞,而且还答应会再来。

一个月以后,除了雅克-莱奥波德·勒萨勃尔和塞莱斯特-柯拉莉·卡舍兰小姐的婚事,整个部里就不谈别的了。

3

原先的房客已经被赶走,小两口就把家安在卡舍兰先生和夏洛特小姐住的那层楼上,跟他们那一套房子的格局也完全一样。

本来还有一件事让勒萨勃尔犹豫不决,因为姑姑始终没有立下任何最终的字据,明确把她的财产留给柯拉小姐。不过,她"在天主面前"发过誓,说她的遗嘱已经写好,放在公证人贝洛姆那里。另外,她还答应把自己的全部财产都让侄女继承,只要满足她一个条件。要她说出是什么条件,无论怎么追问,她也不肯透露,只是带着和蔼的微笑发誓说:那很容易做到。

有了姑姑的这些解释,这个年老的信女又是那么固执,不肯彻底说明，勒萨勃尔想也只好随它去了；而且他确实非常喜欢这个年轻姑娘，他的欲望战胜了内心的疑虑，他终于向卡舍兰先生锲而不舍的努力投降了。

他现在生活得很幸福，虽然还时不时地受到那个疑问的困扰。而且他很爱他的妻子，她一点也没有让他失望。他的生活像细水长流，单调但是平静。他在短短几个星期里就为自己确立了一个有家室的男人的新局面，同时又像从前一样依然是一个完美无缺的公务员。

这一年过去了，新年又到了。令他万分惊讶的是，他居然没有得到他料想无疑的晋升。只有马兹和皮托莱升了一级；布瓦塞尔私下里向卡舍兰表示，他打算某一天晚上，下班的时候，就在海军部大门前，当着众人的面，把这两个同事痛打一顿。可他什么也没做。

尽管工作勤奋，却没有能够升级，整整一个星期，勒萨勃尔苦恼得连觉也睡不着。他干活像条狗似的卖力；副科长拉博先生有病，一年有九个月住在荣军医院①，他无限期地

---

① 荣军医院：全名瓦尔－德－格拉斯法国军队教学医院，是位于巴黎第五区的一所军队医院，也有条件地向公众开放。

替他干那份差事；他每天早上八点半就赶到部里，晚上六点半才走。还要他怎么样？如果他这样工作、这样努力惹人不高兴，他完全可以像其他人一样做。出多大力给多大报酬。托尔舍波夫先生一直待他像亲儿子一样，怎么会亏待他呢？他想把事情弄个明白。他要去找科长，请他做个解释。

所以，一个星期一的早上，赶在同事们到来以前，他敲响了这位手握大权的人的门。

一个尖锐的声音大声说："进来！"他走了进去。

托尔舍波夫先生坐在堆满文件的大桌子后面，正在写什么。他身材矮小，大脑袋就像搁在吸墨纸上似的。见是自己宠爱的科员，他便问："您好，勒萨勃尔；您还好吗？"

年轻人回答："您好，亲爱的科座，我很好。您呢？"

科长放下笔，转动了一下他的扶手椅。他的身体单薄瘦小，紧箍在刻板的黑色礼服里，和他那带皮靠背的庞大座椅很不成比例。一枚荣誉军团①军官的玫瑰形勋章，亮闪闪的，本来就硕大，戴在他身上就更显得千倍地夸张。这勋章就像

---

① 荣誉军团：由拿破仑按照军队建制创立于一八〇二年的法国国家授勋制度，包括骑士、军官、指挥官、司令官、大十字五种勋位和相应的勋章，沿用至今。

一块烧红的炭，在他惨遭大脑袋压迫的狭窄的胸脯上闪耀。他整个人的发育，就像蘑菇似的集中在脑袋上。

他的下巴尖尖，面颊凹陷，眼睛突出，过大的脑门上覆盖着往后梳的白头发。

托尔舍波夫先生说："请坐，我的朋友，请告诉我，您来有什么事？"

他对待所有的科员，态度都严厉得像在军队里一样，总以坐镇指挥的舰长自命，因为在他看来海军部就是一艘大船，法兰西所有军舰的旗舰。

勒萨勃尔有点激动，脸色都有点苍白了，结结巴巴地说："亲爱的科座，我来是想问问您，我是不是在什么事情上做错了。"

"没有呀，我的朋友，您怎么会向我提出这样的问题？"

"因为我有点惊讶，今年怎么没有像前几年那样升级。请允许我说完，亲爱的科座，请原谅我的唐突。我知道您给过我不少特殊的照顾和一些意想不到的好处。我知道通常两三年才能轮到升一次级；不过，还是请允许我提请您注意，我个人对科里工作的贡献几乎是一个普通科员的四倍，按时间说至少也是两倍。如果拿我的工作成果和所得的回报相比，就一定会发现后者远远低于前者！"

这番话事先做了精心的准备，他认为非常得体。

托尔舍波夫很意外，考虑了一下，然后才用有点冷淡的语气说："照规矩，科员跟科长讨论这类事是不允许的；但是，看在您一向工作很有成绩，所以这一次我破例回答您。

"今年我也像前几年一样提出了给您升级的建议。但是处长把您的名字勾掉了，理由是您的婚姻可以保证您有一个美好的未来，不仅是衣食无忧，而且还可以拥有一笔您的卑微的同事们永远也得不到的财产。照顾全局，考虑一点每个人的情况，这不是很公平吗？您将来会是个有钱人，很有钱的人。每年多三百法郎，对您来说根本算不了什么，而这笔小数目加在其他人的衣袋里却很重要。我的朋友，这就是您今年往后靠一靠的理由。"

勒萨勃尔又难堪又气愤，退了出去。

晚上吃饭的时候，他对妻子态度很不好。她平常总是高高兴兴的，性情比较平和，不过她也很自以为是；她要是很想要一样东西，那她绝不会让步。她既年轻又好看，因而他对她仍然有一种觉醒了的欲望；但是她毕竟不再有最初时的肉体魅力，这让他时而感到扫兴；一种近似厌恶的扫兴，不久就在两人的共同生活中产生了。生活里有无数平淡无奇甚至滑稽可笑的细节，比方说早上起来打扮得很马虎啦，普通羊毛的便袍有点破旧啦，因为不富裕褪色的浴衣该换没换啦，以及贫苦人家种种摆在眼前必不可免的苦活儿，都会让婚姻黯然失色，让远远引诱情人们的诗意的花朵凋谢。

夏洛特姑姑也让他心里很不痛快，因为她待在家里再也不出门，什么事都要掺和，什么事都想管，对什么都说三道四；他很怕伤害她，便忍气吞声地承受这一切，但隐忍的愤怒也与日俱增。

她拖着老年人的蹒跚的步子在房子里走来走去；她用尖细的声音不断地唠叨："你们应该做这个；你们应该做那个。"

小两口单独在一起的时候，恼火的勒萨勃尔会大喊："你姑姑真让人受不了。我再也忍受不下去了。你听见了没有？我再也忍受不下去了。"柯拉总是平静地回答："你让我怎么办？"

他更加窝火："这样一个家，真可恶！"

而她依然心平气和地回答："是的，这个家很可恶，但是遗产是好的，对不对？那就别犯傻了，对夏洛特姑姑包容一些，对你对我同样有好处。"

他不知道该怎么回答，只得住口了。

姑姑现在一心想的就是要他们生个孩子，所以老拿这件事骚扰他们。她常把勒萨勃尔逼到一个角落，冲着他的脸，低声对他说："我的侄女婿，我就是要您在我死以前当上爸爸。我想活着见到我的继承人。您没法让我相信柯拉天生当不了母亲；只要看看她就知道了。我的侄女婿，人们结婚就是为了有个家，为了传宗接代。我们的圣母教会不允许只结婚不生孩子。我知道你们不富裕，一个孩子会增加一些负担。可是我走了以后，你们什么也不会缺。我要一个小勒萨勃尔，我想要，您听明白了！"

但是结婚已经十五个月了，她的这个愿望还根本没有实现的迹象，她开始有些怀疑了，也就变得更加迫不及待。她轻声轻气地悄悄传授给柯拉不少方法，切实可行的方法；她从前是个久经历练的女人，现在偶然还能想起一些。

可是一天早上，她突然感到不舒服，连床也起不来了。她从来没有生过病，所以卡舍兰很着急，过来敲女婿的门："快去找巴尔拜特医生；是不是再去跟科长说一声，家里出了这个情况，我今天不能去上班了。"

勒萨勃尔整整一天都忐忑不安，不能安下心来工作、拟写文件和研究公事。托尔舍波夫先生觉得很反常,问他:"勒萨勃尔先生,今天您好像有些心不在焉,怎么回事?"勒萨勃尔愁眉苦脸地回答:"亲爱的科座,我累坏了,我整夜守着我们的姑姑,她病得很厉害。"

但是科长冷淡地说:"有卡舍兰先生陪着她,这应该足够了。我可不能让科里的工作因为职员的私事被打乱。"

勒萨勃尔把他的怀表放在面前的办公桌上,心猿意马地等待着五点钟。一听到天井里的大钟敲响,他立刻开溜,第一次在规定的那一分钟离开办公室。

他是那么焦急,甚至破例叫了一辆出租马车回家;而且他是跑着登上了楼梯。

女佣走来开门。他紧张地问:"她怎么样了?"

"医生说她不行了。"

他心里猛地一惊,不过还是非常关切地问:"啊!真的?"

难道她真的要死了?

他不敢走进病人的房间。他让人把正守着她的卡舍兰叫出来。

岳父立刻就小心翼翼地开了门走出来。他就像晚上在炉火边舒适地消磨时光似的穿着便袍,戴着软帽。他小声说:"情况不好,很不好。她已经昏迷四个钟头了。下午甚至已经给她行了临终圣事。"

勒萨勃尔感到浑身发软,两条腿都支持不住了,坐下来,问:

"我太太在哪儿?"

"她在陪她。"

"医生到底是怎么说的?"

"他说是中风。也许能好,也许今天夜里就完了。"

"你们需要我帮忙吗? 如果不需要,我就不进去了;看到她这情形,我心里很难过。"

"不需要。您回自己家去吧。如果有什么情况,我立刻让人来叫您。"

勒萨勃尔就回到自己家里。这套房子在他看来好像变了样似的,比以前大了,比以前明亮了。可是,他仍然坐立不安,便走到阳台上。

这时是七月末,正消失在特罗卡代洛宫的两座塔楼后面的大太阳,把火热的光芒像大雨般倾泻在密密麻麻一望无际的屋顶上。

天空的底层是鲜红色；往上是淡淡的金黄色；再往上是黄色；再上面是绿色，抹上一层阳光的浅绿色；到了头顶上变成了蓝色，纯净鲜明的蓝色。

燕子像箭一般一闪而过，快得几乎看不到，在红宝石似的天空的背景上勾画出它们展着剪刀状翅膀的身影。在无数房屋和遥远田野的上空，笼罩着火的蒸汽，玫瑰色的暮霭，一个个钟楼的尖塔，一座座纪念性建筑的细长屋脊，傲然耸立其中。星形广场的凯旋门在燃烧的天际显得庞大、乌黑，荣军院的圆顶就像落在这建筑物背上的另一个太阳。

勒萨勃尔两手扶着铁栏杆，像品尝葡萄美酒似的呼吸着空气；他真想跳跃，呐喊，手舞足蹈，因为他感到全身都浸在深深的胜利的喜悦中。在他看来生活是那么美好，未来充满了幸福！他要怎么办？他做起梦来。

背后发出的一个声音让他打了个寒战。那是他的妻子。她眼睛红红的，面颊有点肿，看上去一脸疲惫。她伸出额头让他吻了一下，然后说："咱们去爸爸那儿吃晚饭吧，这样可以离她近一点。我们吃饭的时候，就让女佣守着她。"

他跟着她走到隔壁的屋里去。

卡舍兰坐在饭桌旁等着女儿和女婿。一只冷仔鸡、一个土豆冷盘、一高脚盘草莓已经放在餐具柜上,浓汤①在每个人的盘子里冒着热气。

他们坐下。卡舍兰大声说:"我可不喜欢经常遇到这种日子。这多么不开心。"不过他说这话的时候,语调里却显得无所谓,脸上还露出一丝高兴的神情。接着,他就像大胃汉似的狼吞虎咽起来,还夸赞仔鸡的味道好极了,土豆冷盘非常可口。

但是勒萨勃尔却心神不安,没有胃口;他几乎没有吃饭,而是竖着耳朵听隔壁房间的动静。那儿依然是悄无声息,好像里面根本没有人似的。柯拉也不饿;她很激动,泪流不止,不时用餐巾的一角擦着眼睛。

卡舍兰问:"科长怎么说?"

勒萨勃尔把情况说了一下;但是他岳父希望他说得尽可能详细,有时还让他重复一遍,说他要了解全部情况,就好像他有一年没去部里似的。

"部里的人要是知道她病了,想必会引起强烈的反应,

---

① 浓汤:法国人常做的一种食物,加洋葱、土豆、白菜、面包及肉类等实料熬成的汤。

是不是？"他已经在想着，如果她死了，他光荣回去时，同事们的表情。不过，就好像在回答内心的歉疚似的，他又说："并不是我盼着亲爱的姐姐发生不幸！老天知道，我希望她活得越长越好。但这件事毕竟会产生反响。萨翁老伯甚至会把公社都忘掉。"

大家刚要开始吃草莓，病人的房门微微地开了。正在吃晚饭的人是那么震惊，三个人都霍地站起来。小女佣带着她那总是迟钝的样子走出来，不慌不忙地说："她断气了。"

卡舍兰把餐巾往自己的盘子上一撂，就像发了疯似的冲过去；柯拉跟在他后面，心怦怦直跳；不过勒萨勃尔到了房门口就站住了，远远瞅着那张床，在暮色中模糊不清，只是白乎乎的一片。他看见岳父背朝着他，弯着腰静静地听着；突然，他听见岳父的声音，就像从很远很远、从世界尽头传来的声音，就像穿过梦境告诉您意外的消息的那种声音，说："完了。什么也听不见了。"他看见自己的妻子跪下来，额头俯在被毯上，抽泣着。于是他决定走进去。卡舍兰这时已经站起来。他看见白色枕头上的夏洛特姑姑的脸，眼睛闭着，脸那么塌陷，那么僵硬，那么苍白，仿佛一个老太婆的蜡像。

他紧张地问:"真完了吗?"

也在审视姐姐的卡舍兰,这时把脸转向女婿,和他互相看着,回答:"是的。"同时又想强做出一个遗憾的表情。不过两个男人一眼就看穿了对方的心思,不知道为什么,他们本能地互相握了握手,就好像在感谢对方为自己做了什么似的。

他们一点时间也没有耽误,就操办起家里死人必办的各种杂事。

勒萨勃尔负责去找医生,尽可能快地采购一些最急需的东西。

他拿起礼帽就往楼下跑,恨不得马上就来到大街上,能够畅快地呼吸呼吸,好好地想一想,独自一人享受一下他的幸福。

他办完了事,并没有马上回家,而是来到林荫大道①;一个强烈的愿望驱使着他,他要看看这花花世界,加入这熙熙攘攘的人群,体味一下幸福的夜生活。他真想向路人大声

---

① 林荫大道:勒萨勃尔出门购物顺便到的这条大道,应该是离他住的罗什舒阿尔街很近的罗什舒阿尔林荫大道,而非本书第77页注①所说的那条林荫大道。

疾呼："我每年有五万法郎的收入啦！"他把两只手插在裤兜里走着，在一个又一个橱窗前面停下，仔细观赏琳琅满目的布料、珠宝、高档家具，乐滋滋地想着："我现在买得起这些东西啦。"

他在一家丧葬用品店前面经过，突然闪现出一个念头："要是她没有死呢？要是他们弄错了呢？"

他三步并作两步，带着脑海里漂浮着的这个疑问，赶紧向家里走去。

他一边走进家门一边问："医生来过了吗？"

卡舍兰回答："来了。他确认人已经死了，而且答应出一张死亡证明。"

他们回到死人的房间。柯拉坐在扶手椅里，还在哭，只不过她现在哭的声音轻多了，不怎么费力，也几乎并不悲伤，流着女人们很容易流出来的泪水。

等到屋里只剩下他们三个人，卡舍兰就低声说："现在女佣回去睡觉了，咱们可以看看柜子里是不是藏着什么东西。"

两个男人立刻行动起来。他们把抽屉里的东西全都倒出来，掏遍衣兜，连一点点纸片也要打开查看，一直折腾到半夜，也没有找到一点他们认为有价值的东西。柯拉已经困得睡着了，在有规律地轻轻打着鼾。塞萨尔问："我们难道要在这儿待到天亮吗？"勒萨勃尔也左右为难，最后认为还是这样比较合适。岳父便下定了决心，说："既然这样，咱们把扶手椅都拿过来。"于是他们去小两口屋里搬来两把软垫座椅。

一个小时以后，一家三口已经打着高低不同的鼾声，在那具永远不会动的冰冷的尸体前面睡着了。

天亮的时候小女佣走进来，他们才睡醒。卡舍兰立刻揉着眼皮承认："我大概打了半个小时的盹儿。"

但是，勒萨勃尔很快就从睡意中醒过来，说："我看到您打盹了。我呢，我一秒钟也没有迷糊；我只是合上眼皮让眼睛休息休息。"

柯拉又回到自己的屋里去。

这时勒萨勃尔做出一副显然无所谓的样子，问：

"您看我们什么时候去公证人那儿了解遗嘱的情况？"

"……这个嘛，如果您愿意的话，今天上午就去。"

"柯拉也必须陪我们去吗？"

"咱们一块儿去也许好一些，毕竟她是继承人。"

"既然这样，我去告诉她准备一下。"

说完,勒萨勃尔便迈着急切的步子走出去。

公证人贝洛姆事务所刚开门,卡舍兰、勒萨勃尔和他的妻子就一身重孝、满脸悲楚地走了进来。

公证人立刻接待他们,请他们坐下。卡舍兰先开口:"先生,您认识我,我是夏洛特·卡舍兰小姐的弟弟。这是我的女儿和女婿。我可怜的姐姐昨天死了;我们明天就把她下葬。您是她的遗嘱的保管人,我们来是问一下有关下葬的事,她有没有表示过什么特别的意愿,或者您有没有什么要告诉我们的。"

公证人拉开抽屉,取出一个信封,拆开,抽出一张纸,说:"先生,这是她的遗嘱的一个副本,我立刻就可以让您了解它的内容。另一份是正本,和这一份完全一样,得留在我手上。"

然后,他就读起来:

我,以下签名人维克多丽娜-夏洛特·卡舍兰,谨在此表达我的最后意愿:

我把大约价值一百一十二万法郎的全部财产留给我的侄女塞莱斯特-柯拉莉·卡舍兰婚后所生的子女,在长子或者长女成年之前,这份财产的收益由其父母享受。

后列之各项安排,规定了每个孩子继承的份额以及他们的父母去世前享受的权益。

如果在我去世以前我的侄女仍无后嗣,我的全部财产将留在公证人手中,期限三年;其间如果她生了孩子,我以上表达的遗愿仍然有效。

但是,如果柯拉莉在我死后三年里仍未能从上天获赐一个后嗣,我的财产将由我的公证人经手,分发给穷苦人和下列慈善机构。

接下来是没完没了的一长串社团名称、数字、指示和嘱咐。

读完,贝洛姆先生就很有礼貌地把文件交到惊讶得目瞪口呆的卡舍兰手里。

公证人还觉得有必要再做几点说明。"承卡舍兰小姐赏光,"他说,"她第一次跟我谈到立遗嘱的意愿的时候,对我表示过,她殷切希望看到一个她的血统的继承人。我也曾提出种种理由开导她,可是她回答我的时候却把这个意愿表达得越来越明确,而且她的这个意愿是以宗教感情为基础的,她认为不生育的婚姻都是上天诅咒的标志。我根本改变不了她的意愿。请相信我对此深感遗憾。"他向柯拉莉微笑着补充道:"不过,我一点也不怀疑,逝者的 desideratum① 很快就会实现。"

三个亲属实在太震惊,已经什么都不能想了,就走了。

他们肩并肩地往回走,一声不吭,又羞耻又恼怒,好像他们之间谁偷了谁的东西似的。柯拉的痛苦突然烟消云散;既然姑姑这么无情无义,她也不必悲伤哭泣了。勒萨勒尔气得紧闭着煞白的嘴唇;他终于开口对他的岳父说:"把那份文件给我,我要 visu② 一下。"卡舍兰把遗嘱的副本递给他,年轻人就读起来。他停在人行道上,尽管不时有行人碰他一下,他仍然一动不动地站在那儿,用锐利老练的眼睛逐字逐句地搜寻。另外两个人在前面两步远等着他,始终沉默不语。

勒萨勒尔读完以后,把遗嘱还给岳父,说:"毫无办法。她把我们耍得好惨!"

卡舍兰眼看希望破灭了,气鼓鼓地回答:"他妈的!生

---

① 拉丁文,意为"意愿"。
② 拉丁文,意为"过目"。

孩子，那就看您了！您很清楚，她很久以来就在盼着有个孩子。"

勒萨勃尔耸了耸肩膀，没有反驳。

回到家，他们发现已经有一帮人在那儿等着。各种行当的人都有，都是靠死人混事的。勒萨勃尔径直回自己屋里去，什么也不想管。卡舍兰对他们每个人都很粗暴，大声让他们别再打扰他，叫他们赶紧把事都办完，埋怨他们迟迟没有把这具尸体搬走。

柯拉把自己关在屋里，没有一点声音。不过，一个小时以后，卡舍兰走来敲女婿的门："亲爱的莱奥波德，我有一些想法要跟您谈一谈。无论怎么样，我们需要商量商量。我的意思是，丧事总还要办得像个样，别引部里人疑心。费用嘛，咱们总有办法的。何况也不是完全没有希望了。你们结婚还不久，会有孩子的，除非真的很不走运。只要您上点心，一切都能解决。咱们先办最眼前的事。您尽快去部里好吗？我去写讣告信的地址。"

勒萨勃尔虽然心里有气，但还是承认岳父说得有道理，他们就面对面坐在长桌的两头填写印着黑框的讣闻。

填完讣闻，他们就吃午饭。柯拉从她的房间里走出来，就像什么事也没发生，这一切都跟她无关似的。她吃得很多，因为前一天她什么也没吃。

一吃完饭，她又回自己的房间去。勒萨勃尔出门去海军部。卡舍兰走到阳台上，倒骑着椅子，抽着烟斗。夏日沉重的阳光直落在鳞次栉比的屋顶上，有些屋顶镶着玻璃窗，像火一样闪耀，射出强烈的光线，刺得人睁不开眼睛。

卡舍兰没有穿外衣，在流泻的阳光下眨巴着眼睛张望，那边，大城市的背后，尘土飞扬的郊区背后，是一片片连绵的绿色山丘。他想象着宽阔、安详、清凉的塞纳河在斜坡上绿树葱葱的山丘脚下流淌；想象着，如果他能独自趴在那绿荫下的草地上，紧挨着河，往水里吐着唾沫，那一定比在烈日灼晒的铅皮阳台上舒服得多。想到这些，他顿时感到一种烦恼压迫着他，一个思想骚扰着他，感到这灾难和意外的不幸给他带来的痛苦；曾经寄予的希望越殷切、越长久，这痛苦的感觉就越辛酸、越猛烈。就像人们在思想极度烦乱、备受顽念折磨时常做的那样，他大吼一声："该死的东西！"

从他身后的房间里传来丧葬公司工人们的忙碌声以及叮当不停地钉棺材的锤子声。自从去见了公证人，他就再没有看姐姐一眼。

不过这盛夏的温暖、愉快和明媚逐渐沁入他的肉体,也浸入他的心灵,他想:也不是完全没有希望了。为什么他的女儿就不能生孩子呢?她结婚还不到两年呢!他的女婿虽然个子小了点,但是看上去也精力充沛,结结实实,身体健康。他们会有一个孩子的!他妈的!再说了,他们必须有一个孩子!

勒萨勃尔偷偷摸摸走进部里,溜进他的办公室。他看到办公桌上放着一张字条,上面写着:"科长找您。"他先做了一个不耐烦的动作,一个对就要落在他背上的专政的反抗;可是接着,突然涌上心头的向上爬的欲望重又鼓起他的热情。他也会当上科长的,而且很快,说不定还能爬得更高呢。

他没有脱掉出门在外穿的礼服,就去见托尔舍波夫先生。他装出一副人逢伤心事常有的痛苦表情,甚至不止于此,装出一副遭到沉重打击的人在脸上留下的真正而又深深的悲伤,受到强烈挫折的人在脸上印下的掩不住的沮丧。

科长抬起他总是俯在纸上的大脑袋,用生硬的语调问:"我找了您一上午。您为什么没有来?"勒萨勃尔回答:"亲爱的科座，很不幸，我的姑姑卡舍兰小姐去世了，我正是来请您参加明天举行的葬礼的。"

托尔舍波夫先生的脸立刻变得温和了，语气里带着某种尊重的感情回答："原来是这样，亲爱的朋友，那就是另一回事了。谢谢您。我准您的假了，您想必有很多事情要做。"

但是勒萨勃尔坚持要表现得热心尽职，说："谢谢您，亲爱的科座，要办的都办完了，我打算留在这里，工作到下班的时间再走。"

他回到自己的小房间。

消息很快就传开了，各个办公室都有人来，与其说是向他表示哀悼，不如说是向他表示庆贺，同时也为了看看他的表现。他以一副听天由命的演员的假面具应对着他们的话，承受着他们的目光，表现得令人吃惊地有分寸。一些人说："他言谈举止倒是很得体。"另一些人说："反正一样，他心底里一定高兴得要命呢。"

马兹比谁都大胆，用他那上流社会人物的随随便便的口吻问他："您知道这笔遗产的准确数字了吧？"

勒萨勃尔兴趣缺乏地回答："不，还不知道。遗嘱上说大概有一百二十万法郎。我知道这个，还是因为公证人必须马上把一些有关丧葬的事告诉我们。"

普遍的看法是：勒萨勃尔不会留在部里了。每年有六万法郎的进项，谁还愿意继续干抄抄写写的活儿？他现在是有身价的人了，可以爱做什么就做什么了。有人认为他的目光一定瞄准了最高行政法院；有人猜测他正在筹划竞选众议员；科长只等着一收到他的辞呈就转交给处长。

部里的同事都参加了葬礼。人们觉得办得有点草率。不过流传着一种说法："这是卡舍兰小姐自己的主张，是写在遗嘱里的。"

从第二天起卡舍兰就上班了；勒萨勃尔生了一个星期的病以后也来了，脸色有点苍白，可是工作依然像以前一样勤奋热情，就好像在他们的生活里什么事也没有发生。人们只是发现他们炫耀地抽着大号的雪茄，口口声声谈的都是年金、铁路和有价证券，就像口袋里塞满股票的人一样。没过多久，人们就知道他们在巴黎郊区租了一所别墅，准备去那儿消夏。

大家都在想："他们像死去的老太婆一样吝啬，这是他们家的传统；不是一家人，不进一家门嘛。但是，不管怎么说，得了这样一大笔财产，还留在部里，这事儿干得不漂亮。"

过了一些时候,人们也就不再想这些了。他们是怎么样的人,大家已经摸准看透。

4

勒萨勃尔一边跟随着为卡舍兰姑姑下葬的队伍,一边想着那一百多万法郎的财产;满腔怨气让他痛心疾首,还不能让人看出来,也就变得更加强烈。遇上这种可悲的事,他怨恨所有的人。

他也一再自问:"我结婚两年了,为什么还没有孩子呢?"想到他们夫妻俩也许永远不能生育,他恐惧得心惊肉跳。

于是,就像顽童眼看着高悬在夺彩杆①顶上的闪亮的奖品向自己发誓,凭着自己的力量和意志一定要爬上去,而且自信有必备的精力和毅力,勒萨勃尔痛下决心一定要做父亲。那么多人都做了爸爸,为什么他就不能?也许他太大意,有一搭没一搭,由于完全掉以轻心而忽略了什么事情。确实,由于他从来没有过要一个继承人的强烈意愿,他也从

---

① 夺彩杆:一种游戏,杆顶挂有奖品,以爬上去取下此奖品为胜。

来没有把全部精力都用于争取这个结果。从今以后他要发奋努力，决不草率从事；既然他愿意这样做，就一定会成功。

不过，回到家的时候，他感到很不舒服，竟然倒在床上。失望对他的打击实在太大了，以致影响到他的健康。

医生认为他的病情相当严重，要他绝对休息；即使病好了，还必须在相当长的时间里行动小心，担心他会发生脑充血。

然而一个星期以后他就爬起来，而且又去部里上班了。

不过他仍然感到自己身体还很虚弱，不敢轻举妄动，对夫妇的房事避而远之。就像一位将军将要投入一场决定自己命运的战役，他会犹豫和发抖。每天晚上他都把房事推到第二天，希望第二天有身体健康、感觉良好、精力充沛、什么事都能干的时候。他不停地摸自己的脉搏，感觉它不是微弱就是紊乱。他服补药，吃生牛肉，回家以前先做长距离的健身跑。

他感到身体恢复得还不够好，于是生出了去巴黎郊区度完这个炎热季节的想法。这想法很快就变成一种坚定的信念：野外的新鲜空气对他的体质会大有益处；像他这种情形，乡间闲居会产生惊人的、决定性的效果。他用这成功在望的信心宽慰自己，而且话里有话地对岳父重复着："等我们到

了乡下，我的身体好些了，一切就都解决了。"

在他的嘴里，原本很简单的"乡下"这个词，包含了一种神秘的意义。

于是他们在波宗①租了一座小房子，三个人全都来住，每天早上两个男人步行穿过原野，来到科隆布②火车站乘车去巴黎；每天晚上再从那儿步行回来。

柯拉很高兴能住在这幽静的河边；她经常去岸边坐坐，

---

① 波宗：法国市镇，位于巴黎西北方的塞纳河右岸，今属法兰西岛大区瓦兹河谷省。
② 科隆布：法国市镇，位于巴黎西北方近郊，今属法兰西岛大区上塞纳省。

采些野花，带回一大束一大束金色的、颤巍巍的花草。

每天傍晚，他们三个人都沿着河边散步，一直走到鳕鱼坝，进椴树饭店喝一杯啤酒。河水被一长排短木桩挡住，从木桩的缝隙间冲出来，跳跃，翻滚，泛起泡沫，有一百米宽；河水泻落的隆隆声震动大地；一片轻盈的水汽，潮湿的雾气，像瀑布中升起的轻烟，在空气中飘浮，向周围散发着被搅动的河水和被翻动的淤泥的气味。

天黑了。对面远远的地方有一大片亮光，那就是巴黎。每天晚上卡舍兰都要慨叹："不管怎么说，多么了不起的城市啊！"岛的一端有一座铁桥，时不时有一列火车从桥上驶过，发出雷鸣般的轰隆声，很快就消失，向右开往巴黎或者向左驶向海边。

他们漫步往回走，看着月亮冉冉升起。他们有时会在一条壕沟边坐下，多看一会儿。黄色柔和的月光洒向静静的河面，仿佛与河水一起流淌，被水的涟漪抖动着，像一幅火红的云纹绸。蟾蜍发出金属般的短促的叫声。夜鸟啼叫着在空中飞过。有时，一个大阴影在河上悄无声息地移动，划破宁静明亮的水面。那是一只偷渔的船，忽地撒下罩形网，然后把里面闪烁颤动着鲍鱼的黑乎乎的大网不声不响地往船上拉，就像从水底捞起一个宝藏，一个还在活蹦乱跳的银色的鱼的宝藏。

柯拉很感动，温存地倚在丈夫的胳膊上。她已经猜到了他的计划，虽然他们还没有谈过。这对他们来说就像又一度的宴尔新婚，期待中的第二次爱的热吻。他有时用嘴唇悄悄地轻拂她的耳根，颈项的开端，细皮嫩肉的美妙角落，最初生出卷发绒毛的地方；她捏一捏他的手，给他一个会心的回答。他们互相渴望，但又仍然彼此拒绝。一个更强烈的愿望，那百万遗产的幽灵，让他们互相需要，而又有些矜持。

卡舍兰感到周围充满了希望，自己的心情也平静了许多。他日子过得很幸福，敞开了喝酒，吃得也很多；面对万里云霞，他会频频地大发诗兴，最木讷的人在乡野的美景前面也会受到的感动，比方说从树枝间洒下的阳光啦，落在远处山坡后面的夕阳啦，以及夕阳照在河面的紫红色反光啦。他经常说："我呢，看到这些东西，我更信天主了。它们揪住我这里，"他指着心窝，"我感到整个人都变了，变得非常滑稽，就好像有人把我泡在澡盆里，我直想哭。"

这段时间，勒萨勃尔的身体也好起来。他突然感到从未有过的精力旺盛，恨不得像一匹小马一样奔跑，在草地上打滚，欢快地呐喊。

他判断时候到了。那是一个真正的新婚之夜。

接着，他们又度过一个充满温存和希望的真正的蜜月。

可是他们发现他们的努力并没有成果，他们的信心徒然无益。

这真是一种绝望，一场灾难。但是勒萨勃尔并没有灰心，他仍然执拗地做着超人的努力。他的妻子也被同样的愿望激励着，被同样的恐惧推动着，身体也比他更强壮，心甘情愿地配合他的尝试，挑逗他的吻，不停地鼓励他重振越来越低落的热情。

十月初，他们又回到了巴黎。

他们的生活变得苦涩了。小两口现在嘴上老挂着一些刺耳的话；卡舍兰也嗅出形势不妙，总用兵油子熟练的挖苦话挤对他们，话说得有时甚至粗暴而又恶毒。

总是拿不到遗产，这个执念苦恼着他们，折磨着他们，挑动着他们彼此埋怨。柯拉现在说话经常是扯着嗓子，对丈夫总是骂骂咧咧。她对待他就像对待一个小孩子，一个吃奶娃娃，一个窝囊废。而卡舍兰每天吃晚饭的时候都要唠叨："我要是有钱，早就有一大帮孩子了……一个人穷了，也只能理智些。"然后转身向他的女儿接着说:"你呢,你一定会跟我一样,不过现在……"他意味深长地看了女婿一眼,并且轻蔑地耸一耸肩膀。

就像一个有教养的人落到一个粗俗不堪的人家,勒萨勃尔根本不屑于搭理他。不过在部里,人们都觉得他气色不好,连科长有一天也问他:"您是不是病了?我发现您好像有点儿变化。"

他回答:"没有呀,亲爱的科座。我也许有点儿累了。我最近做了很多工作,您也是看得到的。"

他估计年底一定会升级;抱着这个希望,他已经恢复了模范公务员的勤劳生活。

可是他却只得到一笔很小的奖金,比其他所有的人都少。而他的岳父卡舍兰更是一无所获。

勒萨勃尔心里很受伤,又去找科长;他第一次称呼他"先生":"先生,如果我得不到应有的酬劳,我何必要像现在这样工作?"

托尔舍波夫先生的大脑袋好像被触怒了似的:"我已经跟您说过,勒萨勃尔先生,我不允许在我们之间谈这类问题。我再跟您说一遍,拿您的富有和您的同事们的贫穷做个比较,我认为您提出这样的要求是不合适的……"

勒萨勃尔再也忍不住了:"可是,我什么也没有得到,先生! 我们的姑姑把她的财产留给了我们第一个婚生的孩子。我的岳父和我,我们都是靠自己的薪水生活。"

科长很意外,不过还是回答:"即使您今天什么也没有,您将来总有一天会有钱的。所以还是一样。"

勒萨勃尔走了。升不了级,比拿不到遗产更让他沮丧。

不过,几天以后,卡舍兰刚来到办公室,帅哥马兹就嘴角含着微笑走进来;接着,皮托莱来了,眼睛闪着光;接着,布瓦塞尔推开门,兴奋地走过来,面带讥嘲,跟先来的几个人交换了一下心照不宣的目光。萨翁老伯始终在缮写,嘴角上叼着陶制的烟斗,坐在一把高椅子上,像小孩子一样,两只脚蹬在椅子的横档上。

谁也不说话,好像都在等待着发生什么事。只有卡舍兰,一边登录文件,一边习惯地大声念着:"土伦,'黎世留号'军官食堂的炊具供应。——洛里昂①,'德塞克斯②号'的

---

① 洛里昂:法国市镇,濒临大西洋的重要港城和造船中心,今属布列塔尼大区莫尔比昂省。
② 德塞克斯:全名路易·夏尔·安托万(1768—1800),法国将军,曾跟随拿破仑征战埃及和意大利。

潜水服。——布列斯特，测试英国产的帆布！"

勒萨勃尔走进来。他现在每天早上都来取一次和他有关的文件；他的岳父不再费心让勤务员给他送去。

他翻着摊在收发员办公桌上的文件；马兹搓着手，斜着眼睛，瞟着他；皮托莱卷着香烟，嘴角微微露出几条开心的皱褶，那是他再也忍不住的高兴的迹象。他扭过头问缮写员："我问您，萨翁老伯，您这一辈子里一定学会很多东西吧？"

老好人以为他又要嘲弄他，还会拿他的妻子取笑，所以闷声不答。

皮托莱又问："您一定找到生孩子的秘诀吧，既然您生了好几个孩子？"

老人抬起头："皮托莱先生，您知道我不喜欢在这件事上开玩笑。该我倒霉，娶了个下贱的女人。我抓到她不规矩的证据，就跟她分开。"

马兹收敛笑容，用随便的口吻问："您抓到过好几次证据，是不是？"

萨翁老伯认真地回答："是呀，先生。"

皮托莱问："您不是照样当了好几个孩子的父亲，三个，还是四个？"

老头儿脸变得通红，结结巴巴地说："皮托莱先生，您想伤害我，但是您绝对办不到。没错，我老婆生了三个孩子。我敢说头一个是我的，不过另外两个我不承认。"

皮托莱接着说："的确，人人都说头一个是您的。这就够了。有一个自己的孩子已经是很美的事，很美很幸福的事。嘿，我敢打赌，勒萨勃尔要是能像您一样有一个孩子，哪怕只有一个，一定会很高兴，是不是？"

卡舍兰停下了登记的活儿。他没有笑，虽然萨翁老伯经常是他嘲弄的对象，虽然他拿这老头儿的不幸的夫妻关系开过一系列下流的玩笑。

勒萨勃尔已经敛起他的文件；但是他感觉到这是在攻击他，尴尬又恼怒，出于自尊，留在那儿没走。他在想，可能是谁泄露了他的秘密。他很快就想起自己对科长说过的话，立刻意识到，如果他不愿意成为部里所有人的笑柄，就必须马上显示出自己的无比强硬。

布瓦塞尔还在一边来回踱步，一边冷嘲热讽。他模仿大街上叫卖小贩的嘶哑的声音，扯着嗓子叫喊："造孩子的秘方啰，十个生丁，两个苏！来买造孩子的秘方啰，萨翁先生传授的秘方，有很多可怕的细节哟！"

除了勒萨勃尔和他的岳父，所有人都笑了。皮托莱转过身来问收发员："您怎么啦，卡舍兰先生？我怎么看不到您平常的那股快活劲儿了呢？就好像萨翁的老婆给他生了一个孩子，您不觉得可笑似的。我呢，我觉得这很逗乐，非常逗乐。这不是每个人都能办得到的事！"

勒萨勃尔又翻起文件来，装作在一份份地辨认，什么也没听见；但是他的脸色已经变得煞白。

布瓦塞尔还在用同样流里流气的口吻继续叫卖："对继承人拿到遗产很有用哟，十生丁，两苏，快来买啰！"

马兹认为这种玩笑很低级，同时又怨恨勒萨勃尔夺走了他本人怀着的发财希望，所以单刀直入："您怎么了，勒萨勃尔，您的脸色白得好厉害呀！"

勒萨勃尔抬起头，眼睛盯着他的这个同事。他犹豫了几秒钟，嘴唇颤抖着，心里寻找着什么尖刻而又俏皮的话，但是一时也不容易找到，于是回答："我什么事也没有。我只是惊讶，看到你们这么费尽心机地卖弄聪明。"

马兹仍然用两只手撩着他的礼服下摆，背朝炉火站在那儿，笑着说："每个人都只能做自己力所能及的事，亲爱的朋友。我们也像您一样，并不是做什么事情都能成功……"

一阵爆笑打断了他的话。萨翁老伯张着嘴,笔朝天,在那儿发愣,隐约明白了人们针对的不再是他,嘲笑的不再是他;而卡舍兰在等着,准备一有机会就揍谁一顿。

勒萨勃尔结结巴巴地说:"我不明白,我在哪件事上没有成功?"

帅哥马兹放下一边的礼服下摆,用腾出的那只手捻着小胡子,和颜悦色地说:"我知道您平常做什么事都能成功,所以我刚才说的不可能是您。其实,我们刚才说的是萨翁老伯的孩子,不是您的,因为您没有孩子。再说,既然您做什么事都能成功,您没有孩子,那显然是您不愿意生孩子。"

勒萨勃尔生硬地问:"您瞎掺和什么?"

既然对方语带挑衅，马兹也提高了嗓门："您说呢？我奉劝您说话还是礼貌些，不然我就跟您不客气啦！"

但是勒萨勃尔气得发抖，已经完全失去了方寸："马兹先生，我不像您是个大花花公子，我也不是帅哥。请您以后再也不要跟我说话。我对您和您这一类人根本不感兴趣。"他说着向皮托莱和布瓦塞尔投去一道挑战的目光。

马兹突然明白了：真正的强大是既要嘲弄他，又要保持镇定；所以尽管他的自尊心受到严重伤害，尽管他恨不得猛击敌人的要害，他眼里冒着金星，嘴里却还是用善意的言辞、助人为乐的语调接着说："亲爱的勒萨勃尔，您这就有些过分了。不过我理解您的气恼；失去一大笔财产，而且是因为这么一点点，这么一件轻而易举、非常简单……的小事，就失去一大笔财产，这的确让人生气。喂，如果您愿意，我可以帮您这个忙；我什么也不图，就看在朋友的分上。这是五分钟就能完的事儿……"

他还没把话说完，勒萨勃尔就把萨翁老伯的墨水瓶拽到他的胸口，墨水溅了他一脸，把他瞬间变成了黑人。他瞪着白眼珠，举起要打人的双手，冲上去。但是卡舍兰护着他的女婿，拦腰抱住高大的马兹，推搡他，摇晃他，用拳头捶他，把他推到墙边。马兹猛地挣脱出来,打开门,向两个人高喊:"你们等着吧!"便跑了出去。

皮托莱和布瓦塞尔也跟着他走了。布瓦塞尔一边走一边还扬言:他没有出手,是因为怕伤了人命。

一回到自己的办公室,马兹就试着把墨水擦洗掉,但是无论如何也办不到:泼在他脸上的是那种所谓擦不掉洗不净的紫基的黑墨水。他对着镜子,又气愤又苦恼,把手绢揉成团拼命地擦脸。结果越擦颜色越浓,黑里还有点透红,因为皮肤都擦得充血了。

跟在他后面进来的皮托莱和布瓦塞尔给他出了不少主意。皮托莱建议用纯橄榄油清洗;布瓦塞尔认为用氨水洗一定会成功。办公室的勤务员被派去向药房老板请教。他带回来一瓶黄色液体和一块浮石。但还是没有任何效果。

马兹泄气了,坐下来,说:"现在需要解决的是荣誉问题。你们愿意做我的证人吗? 如果愿意,就请你们去问勒萨勃尔,他想真诚地赔礼道歉,还是想决斗?"

两个人一口答应,然后就商量采取哪些步骤。他们对这种事毫无概念,但是又不愿意承认;他们怕说得不对,只能含含糊糊发表些似是而非的见解。最后他们决定去请教一位派到部里领导煤炭科的护卫舰舰长。可是此人知道得也并不比他们多。不过，他考虑了一会儿，建议他们至少去找勒萨勃尔，让他也找两个朋友和他们联系。

他们往勒萨勃尔的办公室走的时候，布瓦塞尔突然停下，说："最要紧的是买手套，对不对？"

皮托莱犹豫了一下，说："大概是吧。"可是去买手套，一定要出去，科长可不是好说话的。于是他们让办公室的勤务员去一家商店找来一些不同颜色的手套。买什么颜色的呢？他们拿捏了很久。布瓦塞尔想要黑色的；皮托莱觉得这种颜色跟这个场合不协调。他们最后选了紫色。

见这两个人戴着手套神情严肃地走进来，勒萨勃尔抬起头，厉声问："你们来做什么？"

皮托莱回答："先生，我们受我们的朋友马兹先生委托，要您赔礼道歉，否则就决斗，因为您对他犯下了粗暴的行为。"

但勒萨勃尔听了更是火冒三丈，大吼："怎么！他侮辱了我，他还来向我挑事？你们告诉他，我瞧不起他，不管他要说什么，做什么，我都瞧不起他。"

布瓦塞尔带着悲壮的表情向前走两步，说："先生，您这就是要逼着我们在报纸上发表案情笔录。那对您一定是很不愉快的。"

皮托莱很鬼,补充道:"而且一定会严重损害您的荣誉,影响您将来升级。"

勒萨勃尔被惊呆了,愣愣地看着他们。怎么办?他想还是争取点时间为好:"先生们,我过十分钟再回答你们。请你们在皮托莱先生的办公室等一会儿好吗?"

只剩下他一个人了,他向四下张望,仿佛在找一个人给他出主意或者保护他。

决斗,他就要跟人决斗了!

他久久地待在那儿,六神无主,一脸茫然。他是个与世无争的人,从来没有想过这种可能性,从来没有准备过做这种危险冲动的事,从来没有为预防这种可怕的事而锻炼自己的勇气。他想站起来,但是心怦怦直跳,两腿发软,他又倒在椅子上。他的愤怒和他的力气一样,顿时消失得无影无踪。但是,想到部里的舆论和这件事会在每个办公室里惹出的闲话,他正在减退的自尊心又被唤醒。不过他还是不知道该怎么办,便走去请求科长替他定夺。

托尔舍波夫先生很感意外,也说不出什么意见来。他觉得实在没有决斗的必要,而且想到这一切还会干扰他这个部门的工作。他连忙回答："我不能对您说什么。这是关于您个人的荣誉问题，和我无关。我给您写个条子，您去请教布克舰长好吗？他在这类事情上很有经验，一定能指点您。"

勒萨勃尔接受了，就去找这位舰长。舰长不但同意做他的证人，还找来一个副科长做第二证人。

皮托莱和布瓦塞尔仍然戴着手套，等着他。他们已经从隔壁办公室借来两把椅子，凑齐了四个人的座位。

他们郑重地互相致了礼，便坐下。皮托莱先发言，介绍了一下事情的来龙去脉。听完他的陈述，舰长回答："事情的确很严重，但是在我看来还没有到不可挽回的地步；这一切都要看双方想怎么样。"这是个油滑的老水兵，他觉得很好玩。

于是开始了漫长的讨论；讨论过程中，他们先后草拟了四封信，无非是互相道歉了事。如果马兹先生承认根本没有冒犯勒萨勃尔先生的意思，后者也应该立即承认拽墨水瓶的错误，并且为其轻率的粗暴行为道歉。

四个受托人就回去见各自的委托人。

马兹正坐在办公桌前，被可能进行的决斗弄得心慌意乱，尽管他期待着对手能够临阵退却。他用一个锡制的小圆镜轮番打量着两边的面颊。每个公务员都有这种小圆镜,藏在抽屉里,晚上下班前拿出来整理胡子、头发和领带用。

他读了两个受托人交给他的信,显然甚感满意,表示:"这样解决我看很体面。我同意签字。"

勒萨勃尔这方面呢,他也没有再说什么,就接受了证人们起草的信,说:"既然你们认为这样好,我只能同意了。"

于是四个全权受托人又聚在一起,交换签了字的信件,互相郑重地行了礼;这桩意外事件已经完结,他们也就分手了。

异乎寻常的兴奋笼罩着这个行政机构。职员们都在打听消息,从一扇门蹿到另一扇门,或者在走廊里互相交换情报。

得知事情已经结束,人们都大失所望。有人说了句:"勒萨勃尔还是生不出孩子呀。"这句话立刻传开了。一个职员还编了一个顺口溜。

但是,就在一切都似乎结束了的时候,又冒出一个难题,是布瓦塞尔提出来的:"两个对头碰见,该采取什么态度呢?互相打招呼? 还是装作不认识?"最后决定他们装作偶然在科长的办公室里相遇,当着托尔舍波夫先生的面礼貌地寒暄两句。

这出逢场作戏的事很快就完成了;马兹让人叫了一辆出

租马车，立刻回家，继续设法清洗他的皮肤。

勒萨勃尔和卡舍兰一起回家，一路上都一言不发，彼此都憋着一肚子气，仿佛刚才发生的事都怪对方。他们一回到家，勒萨勃尔就把帽子狠狠地扔到五斗橱上，对妻子大嚷：

"我真受够了。我现在居然因为你要跟人家决斗！"

她看了他一眼，有些惊讶，火气已经上来了。

"决斗，怎么会这样？"

"就是因为你，马兹羞辱了我。"

她走到他面前，问：

"因为我？我又怎么啦？"

他气呼呼地坐在扶手椅上，接着说："他羞辱了我……我没有必要跟你多说。"

但她就是想知道："我想听听嘛！你跟我学一下，他是怎么说我的。"

勒萨勃尔脸都红了，结结巴巴地说："他对我说……他对我说……说你不能生孩子的事。"

她起初吃了一惊，随之勃然大怒。她从父亲那儿继承来的火暴脾气刺穿了她的女人的天性爆发出来，怒吼："我，我不能生孩子？这个浑蛋，他知道什么？跟你不能生孩子，真的，因为你不是个真正的男人！要是我嫁给别的男人，不管嫁给谁，你听见了吧，我早就儿女成群了。啊！你说说看！我嫁给你这样的窝囊废，付出了多大的代价！……你是怎么回答这个无赖的？"

勒萨勃尔被这场暴风雨吓坏了，吞吞吐吐地说："我……我打了他。"

她惊讶地看着他："他呢，他是怎么做的？"

"他派了两个证人来找我。就是这样！"

女人都容易被戏剧性的奇遇吸引，她现在对这件事倒是真感兴趣了；她的态度一下子软下来，甚至对这个甘冒生命危险的男人顿生一种敬意："你们什么时候决斗？"

他平静地回答："我们不决斗了；事情已经通过证人们调解了。不过马兹向我道歉了。"

她用鄙夷的眼光盯着他的脸，大喊："啊！有人当你的面侮辱了我，你居然任由他说，不敢跟他决斗！你是个不折不扣的胆小鬼！"

他发怒了："我命令你闭嘴。我比你更清楚怎样维护我的荣誉。喏，这是马兹先生的信。你看看就知道了。"

她接过信扫了一眼，就什么都猜到了，嘲笑说：

"你不是也写了一封信吗？你们两个人一样，你怕我，我怕你。噢！男人们都是懦夫！要是换了我们女人，我们……总之，在这件事里，是我被人侮辱了。我，你的老婆；而你，人家道个歉，你就满意了！你至今没有孩子，我也就不奇怪了。一切都很清楚。你呀……在女人面前跟在男人面前一样软塌塌。唉！我怎么碰到这么一个不中用的活宝！"

她突然变了，声音和手势都变得跟她老爸卡舍兰一模一样，连她那无赖的动作和男人的腔调也和这个老兵油子无异。

她两手掐着腰杵在他面前，高大，强壮，有力，胸脯鼓鼓的，脸色通红，声音深沉洪亮，好端端一个漂亮少妇的鲜嫩面颊气得

发紫。她看着坐在她面前的这个面色苍白的男人，身材矮小，头顶微秃，脸刮得精光，留着短短的律师的颊髯，真想掐死他，把他捏得粉碎。

她一迭声地说："你是个废物，废物。当个职员，你也让所有的人都从你头上跳过去！"

门开了；卡舍兰听到两个人的吵闹声，走进来，问："怎么啦？"

她回过头去，说："我正在教训这个小丑！"

而勒萨勃尔这时抬起眼睛，发现他们何其相似。在他看来，好像突然掀掉一道面纱，揭示出这父女的真实面目。他们出自同一个血脉，也具有同样庸俗粗暴的本性。他看出自己注定要永远生活在这两个人中间，他这一辈子算完了。

卡舍兰说："要是可以离婚就好了。嫁给一个阉鸡，这真不是件愉快的事。"

勒萨勃尔一听"阉鸡"这个词，立刻怒火填胸，一下子跳起来，气得发抖。他向岳父一步步逼近，嘟嘟哝哝地说："从这里出去！……出去！……您是在我家里，听见了吗？……我在赶您出去！……"他从五斗橱上抓起一个装满消炎镇痛药水的瓶子，像挥舞大头棒一样摇晃着。

卡舍兰被他吓得急忙倒退着往外走,一边喃喃地说:"他这是怎么啦!"

但是勒萨勃尔的怒气一点也没有消。这太过分了!他向妻子转过身去。她还在看他,有点惊讶他怎么会变得这么狂暴。他把药水瓶放回五斗橱上,又嚷道:"至于你……你……"不过他迟迟疑疑地找不到什么可说的,也说不出任何道理,便面对着她站在那儿,脸都变了形,声音也变了。

她不禁扑哧笑了出来。

他却以为这笑声仍然是在羞辱他,简直气疯了,向她冲过去,左手抓住她的脖子,用右手疯狂地扇她耳光。她惊呆了,不知所措,直往后退。她碰到了床,倒到床上。他一点也不放松,一个劲地打她。他突然挺起身子,气喘吁吁,筋疲力尽,为自己的粗暴举动感到羞耻,结结巴巴地说:"真是……真是……真是没想到会这样。"

但是她一动不动,就像他已经把她杀了似的。她仍然仰面躺在床边,两只手捂着脸。他凑近了,想着刚才发生的事,有些惊慌,等着她露出脸,看看她究竟怎么了。过了几分钟,他越来越担心,便小声说:"柯拉!你说话呀,柯拉!"可是她仍然不回答,也不动。她怎么了?她在做什么?特别是她要做什么?

盛怒来得快走得也快,他感觉自己很丑恶,甚至是有罪的,因为他打了一个女人,他的妻子,而他原本是一个理智和冷静的男人,有教养和通情达理的男人。他的反应越来越柔软,很想求饶,下跪,亲吻她那被打得通红的面颊。他用手指尖轻轻地抚摸她捂着脸的两只手中的一只。但她似乎一点感觉也没有。他哄她,像抚慰一只呵斥过的小狗一样抚慰她。她好像根本就没有发觉。他又说:"柯拉,听我说,柯拉,听我说,我错了。"她就跟死了一样。于是他试着拿开她那只手。不料那只手很容易就挪开了。只见她睁着惶惶不安的眼睛,呆呆地看着他。

他接着说:"听我说,柯拉,我刚才气昏了头。是你父亲把我逼到这个份儿上的。他不应该这样侮辱一个男人。"

她还是不回答,就像没听见似的。他不知道该说什么,也不知道该做什么。他在她的耳朵旁边亲吻。抬起身的时候,他看见她的眼角有一滴泪珠,一滴大大的泪珠滚下来,顺着面颊迅速地往下淌;她的眼皮在颤动,一下又一下睁开又合上。

他一阵难过,十分激动,张开胳膊,俯在妻子身上;他用嘴唇移开她的另一只手,吻遍了她的脸,央求着:"我可怜的柯拉，请你原谅我，你说呀，原谅我。"

她一声不吭，一直在哭，就像一个伤透了心的人那样，没有声音，只流眼泪。

他紧紧搂着她，爱抚她，在她耳边低声说着能找到的所有温情的话；但她始终像是没有感觉似的。不过，她不再流泪。他们就这样，久久地躺着，互相搂抱着。

夜晚来临，小小的房间越来越昏暗；当房间里一片漆黑的时候，他的胆子放开了，居然要求用行动激活他们的希望，以此求得她的原谅。

当他们起来的时候，他说话的声音和脸上的表情都已恢复如常，就像什么也没发生过。相反，她就像被软化了似的，说话的语调比平时更温柔，看丈夫的目光那么温顺，几乎是情意绵绵，仿佛这次意外的惩戒不但让她的神经放松了，心也变得更软了。他神闲气定地说："你父亲一个人待在那边屋里一定很闷；你应该过去看看他。再说，现在也是吃晚饭的时候了。"她就走出去。

这时正好是七点钟，小女佣走来告知浓汤已经端上桌；接着，卡舍兰心平气和，面带笑容，和女儿一起出现。他们各就各位，畅谈起来。这天晚上的气氛之热烈是很久都没有过的，对所有的人来说都好像发生了什么皆大欢喜的事。

5

但是他们的希望维持了一段又失落，失落了一段又重新开始，总是得不到任何结果。一个月又一个月过去，失意的期待让他们万分焦急，尽管勒萨勃尔坚持不懈，他的妻子极力配合。每一次两口子都把失败的责任推给对方。绝望的丈夫疲于奔命，日渐消瘦，尤其还要忍受卡舍兰的粗暴对待；在好斗的家庭生活中，这位岳父现在称呼他时只叫他"公鸡先生"，无疑是那天因为说了"阉鸡"这个词，脸上差一点儿挨一瓶子，让他耿耿于怀。

他的女儿和他，本能地结成同盟。他们无时无刻不惦记着那一大笔可望而不可即的财产，想得发狂；他们千方百计地羞辱和折磨勒萨勃尔，认定这个窝囊废是他们不幸的根源。

一坐下来吃饭，柯拉就老调重弹："我们晚饭的菜很少。要是我们有钱，那就不一样了。这可不是我的错。"

勒萨勃尔动身上班的时候，她会从房间里扯着嗓门大喊：“带上雨伞，回来的时候别像个马车轮子一样脏兮兮的！你直到今天还不得不爬格子，反正不是我的错。”

她自己要出门的时候，也忘不了大声说：“真想不到！要是我嫁给别的男人，我早就有一辆自备马车了！”

她总想着这件事，所以每时每刻，一有机会就责怪一下她的丈夫，呵斥他一句，把他当作唯一的罪人，让他一个人为她失去本可拥有的财产负责。

终于有一天晚上，他忍无可忍了，大喊：“他妈的！你有完没完？首先，我们没有孩子，这是你的错，你一个人的错，听见了没有，因为我有一个，我……"

他是在撒谎，他现在什么事情都可以做，只要能够终止这没完没了的责难，这让人以为他是阳痿的男人的耻辱。

她起初大吃一惊，瞪着他，在他的眼睛里寻找着真相；不过她很快就明白了，轻蔑地说：“你有一个孩子，就你？”

他傲慢无礼地回答：“就是！一个私生子，我寄养在阿尼埃尔① 了。”

---

① 阿尼埃尔：法国市镇，今全称塞纳河上阿尼埃尔，位于巴黎西北近郊，今属法兰西岛大区上塞纳省。

她不动声色地接着说:"咱们明天就去;我倒要看看他长什么样。"

他的脸红到耳根,结结巴巴地说:"随你便。"

第二天早上七点钟她就起来了;见他有些吃惊,她说:"咱们不是去看你的孩子吗? 你昨天晚上答应过我的。你今天难道又没有孩子了?"

他霍地从床上跳下来:"不是去看我的孩子,是去看一个医生,他会把你的问题告诉你。"

她自信是个正常的女人,回答:"那再好不过了。"

卡舍兰答应向部里替女婿请病假;勒萨勃尔夫妇先向附近的一个医生打听了一些情况;下午一点整,他们就拉响了勒菲厄勒医生的门铃。这位医学博士发表过几部关于生殖卫生的著作。

他们走进一间贴着白底金纹墙纸的客厅。客厅陈设简陋,只摆着一些椅子,看上去空荡荡,就像没有人住过似的。他们坐下来。勒萨勃尔紧张得颤抖,他很难为情。轮到他们了,他们走进一个像办公室的房间,一个又矮又胖的人郑重然而冷漠地接待他们。

这人请他们说明来意;但是勒萨勃尔面红耳赤,不敢贸然开口。于是他妻子拿出欲达目的什么都敢做的决心，用平静的声音说："先生，我们来找您，因为我们没有孩子。一大笔遗产等着我们，就看我们能不能生个孩子了。"

门诊进行了很长时间，检查得又细致又令人难堪。不过柯拉丝毫不觉得为难；一种更高的利益激励和支持着她，她听凭医生做最细致的检查。

医生把小两口的情况研究了将近一个小时，仍然说不出个究竟。

"我看不出有任何问题，"他说，"没有任何不正常的现象，也没有任何特别的问题。不过，这种情况也相当常见。有身体上的原因，也有性格上的原因。我们看到很多夫妻由于性情不和难以相处而分手，也看到另一些夫妻由于身体上的不合无法生育而分离，这毫不奇怪。在我看来，这位太太体质特别好，可以生育；先生这方面嘛，虽然没有器官构造上的异常，但是在我看来有些虚弱，也许是太急于做父亲的结果。我可以给您听听诊吗？"

勒萨勃尔很紧张，连忙脱掉坎肩。医生把耳朵贴在这个公务员的胸前背后听了很久，然后又从胃到喉咙，从后腰到后颈窝，轻轻敲个没完。

医生最后说,他的心脏一听就有点轻微的紊乱,甚至肺部也有问题。

"您的身体要当心,先生,要十分当心。有点贫血、虚弱,别的没什么。这些问题现在还不要紧,但是过不了多久就可能严重到无可救药。"

勒萨勃尔顿时吓得面无血色,请医生给他开一个处方。医生给他制定一个复杂的起居饮食制度:多吃含铁食物、牛羊肉等红肉,正餐以外白天加食菜汤;锻炼、休息,夏天去乡间小住。医生还给了他一些建议,是等他的健康见好以后实行的。针对他们不育的问题,医生还传授给他们一些常用而且经常行之有效的方法。

门诊花了他们四十法郎。

他们到了街上。柯拉想着将来的日子,憋了一肚子气,说:"我呀,我的运气可真好!"

他没有回答。他忧心忡忡地走着,琢磨着,掂量着医生的每一句话。他是不是在骗他?他是不是认为他完了?他现在不再那么想遗产、想孩子的事了!现在是性命的问题了!

他好像听到自己肺里发出嘶嘶的哨声,感到心跳得很急促。穿过土伊勒里公园①的时候,他感到一阵疲软,想坐下来歇歇。他妻子气急败坏,宁肯站在他旁边,一边用轻蔑而又怜悯的眼光从上到下打量他,一边羞辱他。他艰难地呼吸着,紧张地喘着大气,左手指按在右手腕上数着脉搏。

柯拉不耐烦地跺着脚,问:"你有完没完?装腔作势!你打算什么时候走?"他站起来,就像受难者似的,一言不发,又走起路来。

卡舍兰听说看病的结果,再也控制不住他的愤怒。他大吼:"我们算是倒大霉了,哈!我们算是倒大霉了。"他恶狠狠地瞪着女婿,像要把他吞掉似的。

勒萨勃尔根本就没有听,当然也听不见,他现在甚至什么也不想,只想着他的健康和他受到威胁的生命。这父女俩爱怎么喊叫就怎么喊叫,反正他们也不是他。而他,他还想保住自己的命呢。

他在桌子上摆着好些药瓶,每次吃饭的时候都在妻子的冷笑和岳父的爆笑中调配药的剂量。他时不时地在镜子里打

---

① 土伊勒里公园:巴黎重要的公园之一,位于巴黎市中心,与卢浮宫相连,十六世纪在制瓦厂原址创立的王家公园,巴黎最大最古老的法兰西风格的公园,与意大利风格的巴黎卢森堡公园相映成趣。

量自己，一刻不停地把手放在心口研究心跳的轻重缓急。他让人给自己做了一张床，放在原来用作藏衣室的暗室里，再也不愿跟柯拉发生肉体关系。

他现在对她是又怕又恨，还掺杂着轻蔑和厌恶。再说，现在所有的女人在他看来都像恶魔，像危险的野兽，来到人世的使命就是杀害男人；他也不再想夏洛特姑姑的遗嘱，一想到它，就像想到往日一次差点儿要了他命的意外事故。

又是几个月过去了。离那个最后的期限只剩一年了。

卡舍兰在饭厅里挂了一幅老大的日历，每天早上都涂掉一天。他为自己没有回天之力而烦恼，为那笔财产一星期一星期在他眼前溜掉而绝望；每想到自己还要继续在办公室里劳碌，然后至死都只能靠两千法郎的退休金生活，他就愤懑不已。这一切让他动辄开骂；这言语的粗暴，说不定哪一天就会因为鸡毛蒜皮的小事变成行为的粗暴。

他不能看勒萨勃尔，一看到他就气得发抖，恨不得打他、掐他、剁碎他。他恨他简直到了无以复加的程度。每次见他推门走进来，他就像看到一个小偷溜进他的家，偷走他的一笔神圣的财产，抢走一笔家传的遗产。他痛恨他，比人们痛恨不共戴天的敌人犹有过之。自从勒萨勃尔因为担心自己的健康而放弃了共同的愿望,他不但瞧不起他的软弱,更瞧不起他的怯懦。

的确,现在勒萨勃尔在生活中和他妻子更加疏远了,就像从来没有过任何联系把他们结合在一起似的。因为羞愧,也因为害怕,他不再接近她,不再碰她,甚至躲着她的目光。

卡舍兰每天都问他女儿:"怎么样,你丈夫下决心了吗?"

她总是回答:"没有,爸爸。"

每天晚上在饭桌上,都要出现几次难堪的场面。卡舍兰总是那几句话:"一个男人如果不是个男人,还不如死掉,让位给别人。"

而柯拉总是接着说:"事实是有些人实在没用,实在碍事。我真不知道,除了给大家增加负担,他们来世上做什么。"

勒萨勃尔只顾喝他的药水,不理他们。终于有一天,岳父冲着他嚷道:"您要知道,现在您的身体已经好些了,如果您还不改变态度,我知道我女儿会怎么做!……"

女婿预感到要有一场新的羞辱,抬起眼睛,用询问的目光看着他。卡舍兰接着说:"她会撇掉您,另找一个,见鬼!如果她还没有这样做,算您有运气。嫁给一个您这样的大废物,做什么都可以原谅。"

勒萨勃尔脸色铁青,回答:"我可没有阻止她按您的好主意做。"

柯拉低下了头。卡舍兰隐约感觉到自己刚才说的话太过分了,有点不好意思。

6

在部里,他们俩看上去相处得相当融洽。他们之间订立了一个心照不宣的协议:向同事们隐藏起他们在家里的纷争。他们彼此称呼"亲爱的卡舍兰""亲爱的勒萨勃尔",甚至在一起装作有说有笑,开心又高兴,对他们的共同生活十分满意。

勒萨勃尔和马兹之间呢,就像那些险些大打出手的仇人那样,见了面都恭而敬之。决斗虽然未成事实,却也吓得他们胆战心惊。避免了决斗,反而让他们互相变得夸张地礼貌,过分地尊敬;也许由于怕出现新的纠纷,他们还隐约有些和好的愿望。人们观察到,并且也有同感:他们虽然有过荣誉纠葛,但是表现出了上流社会人物的风度。

他们老远就互相致礼，严肃而又庄重，煞有介事地大幅度挥一挥礼帽。

不过他们不交谈，两个人谁都不愿或者不敢比对方先开口。

但是有一天，科长紧急召见勒萨勃尔，他急忙跑去以示自己的积极，不料在走廊转弯的地方和一个反向走来的职员撞个满怀。原来是马兹。他们两人都向后退了几步，勒萨勃尔带着抱歉和礼貌的口吻问："我没有撞痛您吧，先生？"

对方回答："一点儿也没有，先生。"

从这一刻起，他们就认为碰见时交谈几句是理所当然的了。接着，他们竞相表现得有礼貌，开始彼此献殷勤。很快，殷勤变成了还有所保留的亲近，有过误会、仍有些犹豫、不敢过于热情的亲近。再后来，出于礼貌，他们到彼此的办公室看望。最后，他们之间竟然建立起好哥们似的友情。

现在，来收发员的办公室打听消息的时候，他们经常在一起闲聊。勒萨勃尔已经失去他那稳可发迹的科员的傲慢；马兹也把他上流社会人物的派头搁在一边。卡舍兰也时常加入他们的谈话中来，似乎很高兴看到他们交上朋友。有时，帅哥文书离开了，腰板笔挺地走着，高高的脑门几乎蹭到门楣，他会看着女婿小声说："真是个棒小伙子！"

一天早上，他们四个人都在那儿，萨翁老伯永远如常地坐在他那把椅子上抄写文稿，想必某个捣蛋鬼把缮写员的椅子腿锯断了，座椅在他身子下面垮塌，老头儿滚到地板上，惊恐得大叫。

另外三个人都冲上来。收发员把这个坏招儿归罪于公社分子；马兹死活要看看伤情；他和卡舍兰甚至试图脱掉老人的衣裳，说是要替他包扎。但是萨翁老头儿极力抗拒，叫喊着，说他什么事也没有。

乐呵的场面平静下来以后，卡舍兰突然大声说："喂，马兹先生，既然咱们现在是朋友了，您何不星期天来我们家吃晚饭？我们大家都会很高兴，我的女婿，我，还有我的女儿，她久闻您的大名，因为我们经常谈办公室的事。就这么说定了，好吗？"

勒萨勃尔也像他岳父一样表示了邀请的意思，虽然稍微冷淡一些："您就来吧，我们都会很高兴的。"

马兹有些迟疑，不知该怎么办，不过他想到流传着的种种闲话，不禁露出了微笑。

卡舍兰催促他："好啦，就这么说定了。"

"那么好吧！我就从命了。"

卡舍兰回到家对女儿说："告诉你，这个星期天，马兹来咱家吃晚饭。"柯拉听了很惊讶，结结巴巴地说："马兹先生？——噢！"

不知道为什么，她的脸一下子红到耳根。她经常听家人说到马兹，说到他的做派，他的艳福，因为在部里尽人皆知他见了女人就追，而且无往而不胜；她早就想认识他了。

卡舍兰搓着手又说："你就等着看吧，这是个棒小伙子，而且长得很帅。他的身材就像枪骑兵那么高大；他可不像你的丈夫！"

她羞答答的，一句话也没说，就像人们猜到了她梦见过他似的。

为了准备这顿晚饭，他们跟从前宴请勒萨勃尔一样煞费苦心。卡舍兰再三推敲做什么菜，希望能做得尽可能好；而且他显得更高兴，就好像突然生出一个不便告人、还不明确的信念，他秘而不宣但是很有把握的预料，让他心里踏实了。

星期天整整一天，他都在兴奋地监督各项准备工作，而勒萨勃尔忙着处理前一天从办公室带回来的一件紧急公事。这是十一月的第一个星期，临近新年的时候。

七点钟，马兹到了，就像回到自己家一样心情愉快。他一边致礼，一边向柯拉献上一大束玫瑰花。他还用见惯大世面的人那种随便的口吻补充道："太太，我好像跟您有点儿似曾相识，实际上在您还是个小姑娘的时候我就认识您了，因为多年以来令尊就经常跟我谈到您。"

卡舍兰远远看到花束，受宠若惊地慨叹："这，真是的，太客气啦。"而他的女儿想起勒萨勃尔上门的那一天什么也没带。漂亮科员看上去兴致勃勃，笑容可掬，就像初次到老朋友家做客那样，而且不断对柯拉说着委婉的奉承话，羞得她脸通红。

他觉得她很可爱。她认为他很有魅力。他走了以后,卡舍兰兴奋地说:"喔!这小子多帅,一定也很风流!据说他能让所有的女人着迷。"

柯拉虽然不那么外露,然而她承认,她觉得他"挺随和,不像她想象的那样装腔作势"。

勒萨勃尔看来也不像平时那样厌烦和情绪低落,他承认自己以前"看错"了他。

他们再邀请他来的时候,马兹起初还有些推推辞辞,后来就轻车熟路了。全家人都喜欢他,希望他来,对他很热情。柯拉给他做他爱吃的菜。三个男人的关系越来越亲密,简直难舍难分了。这位新朋友带着他们全家去剧院,坐在从报社弄到的包厢里。

夜里,他们沿着一条条人群熙攘的街道走着回家,一直走到勒萨勃尔的家门口。马兹和柯拉走在前面,胯挨着胯,迈着一样的步子,以一样的节奏、一样的速度摇摆着身体,就像两个生来就为了并肩走一辈子的造物。他们用半低不高的声音娓娓而谈,说得很投契,一边说还一边忍不住地嬉笑;少妇偶尔也回头看一眼她的父亲和她的丈夫。

卡舍兰用慈祥的目光看着他们,而且经常忘了是在对女婿说话,称赞:"他们真般配,看见他们这个样子就让人开心。"勒萨勃尔心平气和地回答:"他们的身材几乎一样高。"他很高兴,觉得自己的心脏跳得不那么厉害了,走得快的时候也不那么喘了,整个人都变得欢快了,对岳父的怨恨也逐渐消失了,何况这一段时间以来岳父的冷嘲热讽也停止了。

元旦这一天,他被任命为主任科员。他欢喜得不得了,一进家门就拥吻他的妻子,六个月来这还是第一次。她被弄得目瞪口呆,不知所措,仿佛他做了不得体的事;她看了一眼来向她祝贺新年的马兹。马兹也露出尴尬的神情,就像一个不愿意看到这个场面的男人似的,把脸转向窗口。

但是没过多久,卡舍兰又变得暴躁和恶劣,又开始嬉笑怒骂地折磨他的女婿。他有时甚至还攻击马兹,仿佛他对悬在他们头上的灾难也负有一份责任。因为那不可回避的期限正在一分钟一分钟地逼近。

只有柯拉一个人显得十分平静,十分幸福,总是笑容满面。她似乎连那个已经如此接近的咄咄逼人的日子都忘了。

说话到了三月。看来完全没有希望了,因为七月二十日姑姑去世就要满三年了。

这一年春天来得早,大地上草木已经发芽。马兹向朋友们建议,选一个星期天去塞纳河边散步,到灌木丛中摘紫罗兰。

他们乘早班火车出发,在梅松－拉斐特①下车。冬天的寒意虽然还在光秃秃的树枝间游荡,但返绿的晶莹的草地已经点缀着白色和蓝色的花朵;山坡果树的细枝上挂满绽开的花蕾,仿佛戴着玫瑰花环。

塞纳河载着最后几场雨冲下的泥浆,在被冬天涨水侵蚀的两岸间缓慢流淌,沉重而又凄凉;整个田野都湿漉漉的,仿佛刚刚出浴一般,在初春的阳光下挥发着香甜的潮气。

他们在公园里迷了路。卡舍兰闷闷不乐地用手杖敲打着泥块;这一天他都在苦涩地想着不久后就要临头的全部厄运,比平常更显得疲惫。勒萨勃尔也无精打采,怕在草地里弄湿了鞋。而他的妻子和马兹却忙着采花扎花束。这几天柯拉都好像不大舒服,总感到疲倦,脸色苍白。

她很快就累了,想回去吃午饭。在一个坍塌的老磨坊旁

---

① 梅松－拉斐特:巴黎西北郊的一个市镇,在塞纳河左岸,今属法兰西岛大区伊夫林省。

边,他们找到一家小饭馆;供巴黎游客用的传统午饭很快就摆在棚架下的一张木桌上,木桌紧挨着河,桌面上铺着两个餐巾。

他们先吃了些炸鲍鱼、煎牛排和炸土豆条,正在传递着堆满绿叶的生菜盘的时候,柯拉忽然站起来,两手抓起餐巾捂着嘴,向河边跑去。

勒萨勃尔不安地问:"她怎么啦?"马兹心慌意乱,红着脸,结结巴巴地说:"这……我也不知道……她刚才还好好的!"卡舍兰更紧张,叉子尖上挑着一片菜叶,举着发呆。

他站起来,想去看看女儿究竟怎么了。他探身往下看,只见她头倚着一棵树,好像很不舒服。一个迅速闪过的疑问,就像砍断了他的腿筋一样,他倒在椅子上,把惊恐的目光投向两个现在也显得同样慌乱的男人。他的眼睛紧张地在他们的脸上搜寻着,又是焦虑又是希望,简直要发狂,再也不敢说话。

在深深的沉默中,一刻钟过去了。柯拉回来了,脸色有点苍白,走路挺吃力的样子。谁也没有问她究竟怎么了;但是每个人都好像在猜测,是不是发生了一件幸运而又难以说出来的事,急于知道而又都害怕知道。只有卡舍兰问她:"好些了吗?"她回答:"好些了,谢谢,没什么。不过,咱们早些回去吧,我有点头晕。"

往回走的时候,她挽起丈夫的胳膊,仿佛在表示发生了某种她还不敢承认的神秘的事。

他们在圣拉萨尔车站①分手。马兹借口想起一件事,跟大家握手道别,就走了。

只剩下卡舍兰和女儿女婿在一起了,他就问女儿:"吃饭的时候,你究竟怎么啦?"

---

① 圣拉萨尔车站:巴黎主要火车站之一,位于巴黎第八区,今天是去巴黎西部和西北部以及法国西北部的火车的始发站。

柯拉起初不回答；犹豫了一会儿才说："没什么。就是有一点恶心。"

她走起路来脚步有气无力，嘴唇却含着一丝微笑。勒萨勃尔挺不自在，脑子里乱糟糟的，各种模糊而又矛盾的念头纠缠在一起，既有奢华的渴望、无声的愤怒，也有说不出的羞耻、怯懦的嫉妒。他就像沉睡的人早上醒来，闭上眼睛，怕看见溜进窗帘、把耀眼的光线投射在床上的阳光。

一回到家，他就推说有件公事要做完，把自己关在屋里。

卡舍兰这才把两手搭在女儿的肩膀上，问："你怀孕了，是吧？"

她结结巴巴地说:"是的,我想是的。有两个月了。"

她还没把话说完,他就快活得跳起来;接着,他就围着她跳起当年驻防的时候在公共舞会上常跳的康康舞①。他频频抬着腿,尽管大腹便便,还是跳呀跳,把整个屋子都震动了,家具左右晃荡,玻璃杯在橱子里磕碰得叮当响,悬挂的东西像航船上的挂灯一样摇摆不停。

接着,他搂着心爱的女儿,发了疯似的亲着;然后,他又亲热地在她肚子上轻轻拍了一下,说:"啊!终于成功了!你告诉你丈夫了吗?"

她突然害怕起来,小声说:"没有……还没有……我……我还在等机会。"

但是卡舍兰大声说:"是呀,是呀,你是不大好开口。你等着,我去跟他说!"

说完,他就冲向女婿家的那套房子。勒萨勃尔什么也没做,见他进来,就站起来。但是卡舍兰没让他来得及定下神就说:"您知道您老婆怀孕了吗?"

---

① 康康舞:起源于十九世纪初的一种法国民间舞蹈,在舞步和着装上都十分自由。

丈夫张口结舌，心慌意乱，面颊变得通红：

"什么？怎么？柯拉？您说什么？"

"我说她怀孕了，您听见了吗？这真是运气！"

高兴的头上，他抓起女婿的两只手，紧紧握住，摇晃着，仿佛在恭喜他、感谢他，一边反复说："啊！终于成功了！真好！真好！您想呀，这笔财产是我们的了。"他情不自禁，把勒萨勃尔整个人都搂在怀里。

他大喊："一百多万，您想啊，一百多万呀！"

他又跳起舞来，跳了一会儿，突然说："快去呀，她在等您；至少去拥抱她一下呀！"他整个儿把他抱住，推着他走在前面，把他像球一样抛进客厅。柯拉正忐忑不安地站在那儿等着，听着。

她一看见丈夫，就倒退两步，突然紧张得说不出话来。他一动不动地站在她面前，脸色苍白，有苦难言。此时此刻，他就像审判官，而她就像罪人。

他终于说："好像你怀孕了，是吗？"

她战战兢兢、结结巴巴地说："好像是的。"

但是卡舍兰搂着他们两人的脖子，把他们的头贴在一起，鼻子对着鼻子，高喊："亲吻吧，天哪！这太值得啦。"

他一放开他们，就欣喜若狂地说："这场赌注，咱们终于赢了！您说吧，莱奥波德，咱们立刻就去乡下买一所房子。在那里，至少您的健康就可以恢复了。"

听他这么说，勒萨勃尔心里一动。他的岳父还在继续："到时候我们就邀请托尔舍波夫和他的太太去做客。既然副科长病得快死了，您就可以接他的位子了。这是顺理成章的事。"

卡舍兰在说，而勒萨勃尔却仿佛看到他说的事已成真。他看到自己身穿一件亚麻布上衣，头戴一顶巴拿马草帽，正在河边的一座白色的漂亮别墅前迎接科长。

随着这希望，一股甜蜜的意味沁入他的心房，一种温暖舒适的感觉似乎正融入他的肌体，他顿觉轻松，他的身体仿佛已经好多了。

他还没有回答，先露出笑容。

卡舍兰已经被希望陶醉了，被美梦弄得神魂颠倒了，接着说："谁知道呢？咱们也许会成为那一带有势力的人，您也许会当选众议员。至少，我们能进入当地的上流社会，过得起舒服的生活了。你还可以买一匹小马，配一辆轻便马车，每天乘着马车去火车站。"

一幕幕荣华富贵的场景在勒萨勃尔的脑海里闪现。他过去经常羡慕那些有钱人命好，现在想到自己也可以像他们一样，亲自驾一辆优雅的马车了！想到这些，他志得意满，情不自禁地说："啊！这，敢情，那真是太美了。"

柯拉见他已经被争取过来，喜上眉梢，不但感动，而且感激；卡舍兰见已不存在任何障碍，就说：

"妈的！咱们去饭馆吃晚饭吧！必须花点儿钱吃顿小小的庆功宴。"

他们三个人回来的时候都有点醉了。勒萨勃尔眼前看到的都是双影，脑子里的念头都在跳舞，他已经找不到那个黑乎乎的小房间。也许是不留意，也许是忘了，他躺在妻子就要来睡的那张空床上。一整夜，他感到这张床就像一条船似的在摇摆、晃动、颠簸、翻腾，他甚至被折腾得有点晕船的感觉。

他醒来的时候大吃一惊，发现柯拉在他怀里。

她睁开眼睛，憨笑着，猛烈狂热地吻他，满怀着感激和爱意。接着，她用女人撒娇时那甜蜜的声音对他说："你要是乖，今天就别去部里上班了。咱们马上就要发财了，你用不着再那么准时。咱们再去乡下，两个人，就咱们俩。"

他觉得自己休息得很好。就像尽情欢乐累得腰酸背痛以后得到充分的休息，他感到异样的舒适，像在温暖的婚床里一样懒洋洋的。他真想永远躺在那里，什么也不干，静静地在温柔乡中过一辈子。那从未有过的偷懒的强烈愿望瘫痪着他的心灵，渗透着他的身体。他脑海里持续不断地漂浮着一个模模糊糊的愉快的念头：他就要发财了，可以独立自主了。

可是他突然担心起来，就像怕被隔墙的人听见似的，小声说："你可以肯定是怀孕了吗？"

她立刻让他放心："啊！肯定，放心吧。我不会弄错的。"

可他还有点不安，轻轻拍打起来。他用手摸遍了她鼓起的肚子，然后说："是的，是真的。不过，你不可能在三年到期以前生下孩子，人家也许会对我们的继承权有异议。"

听到这个假设，她立刻火了："哼！甭想！我们吃了那么多苦，受了那么多难，费了那么多劲，现在来找我们的碴儿，哼，办不到！"她一屁股坐起来，气得不得了。

"咱们马上就去找公证人。"她说。

不过他们还是一致决定先去请医生开一张证明。于是他们又来到勒菲厄勒医生的诊所。

医生立刻就认出他们，问："怎么样，成功了吧？"

他们俩都羞得面红耳赤,柯拉甚至有点心慌,吞吞吐吐地说:"我想是的,先生。"

医生搓着手,说:"我早就料到了,料到你们会来。我告诉你们的方法从来就没有失灵过,除非夫妻中有一方根本没有能力。"

他给少妇做完了检查,宣布道:"成功了,太好了!"

他在一张纸上写下:

> 我,以下签名者勒菲厄勒,巴黎大学医学博士,兹证明莱奥波德·勒萨勃尔太太,婚前姓卡舍兰,呈现怀孕大约三个月的所有征兆。

然后,他又转过来问勒萨勃尔:"您怎么样? 您的肺部,还有心脏?"他听了一会儿,认为他彻底康复了。

他们臂挽臂,脚步轻松,幸福而又愉快地走出来。但是在路上,勒萨勃尔又生出一个主意:"去公证人那儿以前,你也许最好在腰上缠一两条毛巾,这样更显眼,会好些。他也就不会认为我们存心抢时间了。"

回到家,他亲自帮妻子脱衣服,替她安装了一个骗人的孕腹。他接连改换了十来次毛巾的位置，还后退几步观察效果如何，尽量做到天衣无缝。

他对结果满意了，他们就出发。走在大街上，让人们看到这证明他的性功能的隆起的肚子，他显得十分骄傲。

公证人热情地迎接他们，然后就听他们说明来意，一边读着医生出具的证明。由于勒萨勃尔一再强调："再说，先生，只要看她一秒钟就够了。"他深信不疑地向少妇的又厚又尖的腰上扫了一眼。

他们提心吊胆地等着；这位法律的代表最后宣布："很好。不管孩子已经出生还是将要出生，他已经存在，已经有了生命。所以，我们会推迟处理遗产的期限，直到太太分娩。"

他们走出公证人事务所。他们是那么高兴，在楼梯里就亲吻起来。

7

自从发现了这桩大喜事，一家三口的生活可谓完美地和谐。他们心情愉悦、平和而又甜蜜。卡舍兰恢复了往日的欢快；柯拉对丈夫更加体贴入微；勒萨勃尔也像变成了另一个人，总是喜滋滋的，脾气从来没有这么好过。

马兹来得没有以前那么勤了，即使来了也显得不大自在；人们接待他倒也中规中矩，不过态度冷淡了许多，因为幸福是自私的，没有外人的份儿。

几个月以前，是卡舍兰把他殷勤地引到家里来的，现在连卡舍兰也对这个漂亮科员表现出某种敌意。柯拉莉有喜的消息是由他向这位朋友宣布的，但是他只干巴巴地说："您要知道，我女儿怀孕了！"

马兹装作吃了一惊，说："啊！那您一定很高兴了。"

卡舍兰回答："那还用说！"他发现这位同事相反，看上去一点也不高兴。男人们可不喜欢看到他们仍然喜欢的女人出现这种情况，不管是不是由他们自己的过错造成的。

尽管如此，马兹每个星期天还是继续来他们家吃晚饭。虽然没有出现什么严重的不快，但是在一起的晚上变得很难熬；而且这种奇怪的尴尬一个星期一个星期地与时俱增。甚至有一天，他刚走出去，卡舍兰就愤怒地表示："这家伙开始让我讨厌！"

而勒萨勃尔回答："他的确不太招人喜欢。"柯拉则低下眼睛，没有发表意见。在大个子马兹面前她总像是有些不自在；而他呢，在她旁边甚至感到有些羞愧，不再像以前那样笑嘻嘻地看着她。他也不再请他们晚上去剧院看戏；不久前还是那么亲密的友谊，现在好像成了难以承受的负担。

终于，一个星期四，丈夫下班回来，一起吃晚饭的时刻，柯拉比平常都更温存地吻着他的颊髯，对着他的耳朵小声说：

"你也许要责怪我了吧？"

"为什么要责怪你？"

"因为……刚才马兹来看我了。而我呢，我不愿意人家说我的闲话，我要求他你不在的时候再也别上门。他好像有点不高兴！"

勒萨勃尔有些意外，问：

"那么，他怎么说？"

"噢，他什么也没说。只是，我不高兴这样，我索性让他再也别来。你知道，以前是爸爸和你把他领到家里来的，这跟我毫无关系。所以我怕不让他来你会不高兴。"

丈夫心里又是高兴又是感激：

"你做得对，做得很对。我倒是应该感谢你呢。"

为了把她已经安排好了的两个男人的位置确定下来，她又说："在办公室，你就假装什么也不知道，你跟他说话就像从前一样；只不过他再也别来咱家了。"

勒萨勃尔动情地把妻子搂在怀里,在她的眼睛和面颊上吻了很长时间,连连说:"你真是个天使!"他感到紧挨着他肚子的胎儿的鼓包已经挺得老高。

8

直到妊娠结束,也没有出现什么新的情况。

九月末,柯拉生了一个女儿。女儿起名叫黛西蕾;不过他们想为孩子办一个隆重的洗礼,所以决定第二年夏天在他们要买的别墅里举行。

他们在阿尼埃尔选了一座别墅,坐落在俯瞰塞纳河的山坡上。

这年冬天,发生了几件大事。

遗产刚拿到手,卡舍兰就申请退休,而且马上就办妥了,他终于离开了办公室。空闲时间,他就用一把精巧的机械锯子切割雪茄烟盒的盒盖,用锯断的盒盖制作小闹钟、小盒、花架儿、各种奇形怪状的小摆设。他对这个活计十分热衷;他是看到歌剧院大街一个流动小贩这么做,才产生了这个兴

趣。大家每天都得欣赏他的既博学又稚气的复杂的新设计。

他本人呢，会在自己的作品面前连连称赞："能做成这样，简直令人震惊！"

副科长拉博先生终于死了，勒萨勃尔填补了他的位子，虽然还没有正式任命，因为自从他上一次升级，还没有满规定的年限。

柯拉顿时变成了另一个女人，变得更矜持，更优雅，因为她懂得、猜到、意识到一个人有了钱就必须有的各种变化。

元旦这一天，她拜访了科长的太太。科长太太是个肥胖的女人，虽然在巴黎住了三十五年，仍然保留着外省女人的习气。她说了那么多诚恳动听的话，托尔舍波夫太太才答应做黛西蕾的教母。外祖父卡舍兰是教父。

洗礼在六月一个阳光灿烂的星期天举行。整个科里的人都受到邀请，除了一直没露面的帅哥马兹。

九点钟，勒萨勃尔就在车站前等候巴黎来的火车；一个身穿镀金大纽扣号衣的年轻差役牵着一匹肥胖的小种马的缰绳，站在一辆崭新的轻便马车前。

火车头远远地就拉响了汽笛，拖着一长串车厢渐渐驶来；车厢里涌出一波旅客。

托尔舍波夫先生从一节头等车厢里走出来，带着他的打扮得鲜艳夺目的妻子；从一节二等车厢下来皮托莱和布瓦塞尔。他们没敢邀请萨翁老伯；不过他们说好了，假装下午偶然遇到他，然后经托尔舍波夫科长的同意，带他一起来吃晚饭。

勒萨勃尔连忙冲到向他走来的上司面前。科长的矮小身子蒙着礼服，礼服上绽放着一枚红玫瑰似的勋章，硕大的脑袋戴一顶宽檐礼帽碾轧着他的羸弱的身体，看上去活像个怪物。而他的妻子，只要稍稍踮起脚，就能毫不费力地越过他的头顶瞭望。

莱奥波德满面红光，又是鞠躬又是道谢。他请科长夫妇上了车，然后就跑去接待谦恭地跟在后面的两个同事，跟他们握手,抱歉车子太小不能把他们也拉上:"顺着河边走,就能到家门前;'黛西蕾别墅',拐弯第四家。赶快来吧。"

他登上车,抓起马缰绳,就出发了;年轻的差役已经轻快地跳上车后面的小座位。

仪式很排场。然后,人们就回家吃午饭。每个人都在餐巾下面发现一份和客人的身份相称的礼物。教母得到一个纯金手镯,她丈夫得到一个镶红宝石的领带夹,布瓦塞尔得到一个俄罗斯皮革的皮夹子,皮托莱得到一个上等的海泡石烟斗。据说这些礼物是黛西蕾送给她的新朋友们的。

托尔舍波夫太太又高兴又不好意思,激动得脸通红,马上把闪亮的金镯套在她的粗胳膊上;科长的黑领带太薄,夹针夹不住领带,便把这个宝贝别在礼服的翻领上,荣誉军团勋章的下面,就像又获得一枚级别较低的勋章。

透过窗户可以看到奔腾的河水,沿着种着树的河岸,向苏莱纳①流去。阳光像雨一般洒在河面上,形成一条火红的江河。午饭开始时有些沉闷,因为托尔舍波夫科长夫妇在场,

---

① 苏莱纳:法国市镇,在巴黎西郊,位于塞纳河左岸,今属法兰西岛大区上塞纳省。

人们显得拘束。后来，大家便欢快起来。卡舍兰开了些猥亵的玩笑，他现在有钱了，自认为稍微放肆一点还是可以的，大家都笑了。

换作皮托莱和布瓦塞尔，开这样的玩笑就会让人觉得放肆了。

吃饭后甜食的时候，该把孩子抱上来了，每个客人都亲吻了她。孩子裹在雪白的轻纱里，用惊慌和还没有思想的蓝眼睛看着这些人，微微转动着胖胖的脑袋，似乎开始有注意力了。

在七嘴八舌的噪声中，皮托莱往他邻座的布瓦塞尔的耳朵里溜了一句："她多像个小马兹啊。"

第二天，这句话就在部里传开了。

且说两点钟敲响了；喝过了利口酒，卡舍兰请大家参观这座别墅，然后去塞纳河边转一圈。

客人们鱼贯而行，从一个房间走到另一个房间，从地窖看到顶楼；接着又从一株花到另一株花，从一棵树到另一棵树，浏览了花园；然后分成两拨散步。

卡舍兰和妇女们在一起觉得有点儿拘束，便拉着布瓦塞尔和皮托莱去岸边的咖啡馆；而托尔舍波夫太太和勒萨勃尔

太太以及她们的丈夫走到对面的河岸，因为体面的女士们是不能和星期天出门乱跑的庶民们为伍的。

她们顺着纤道慢慢地走着，两个男人跟在后面，一本正经地说着办公室里的事。

河面上，几只多桨小船划过，壮实的小伙子们光着膀子，高高地扬着桨，黝黑的皮肤下面的肌肉伸缩着。女划船手们躺在黑色或者白色的兽皮上掌着舵，在阳光下打着瞌睡，头上张着红色、黄色或者蓝色的绸伞，就像漂在河上的巨大花朵。叫喊声从一只船飞向另一只船，有的是互相打招呼，有的是彼此谩骂；远远传来一片嗡嗡不断的喧哗声，可以想见那里正攒动着节日游玩的人群。

执竿垂钓者的渔线排成一排，停在河边的水中一动不动；几乎赤裸的泳者站在沉重的渔船上，头朝下跃入水中，又爬到船上，再跳到河里。

托尔舍波夫太太眼睛一亮，津津有味地看着。柯拉却对她说："每个星期天都是这样，把这么好的地方都给破坏了，真让我扫兴。"

一只小船缓缓地划过来，两个女的划着桨，船里躺着两个小伙子。其中一个女的向岸上叫喊："喂！喂！尊贵的女士们！我有个男人要卖，价钱不贵，你们要不要？"

柯拉不屑地转过身去，挽起她的客人的胳膊，说："这地方实在没法待下去，咱们走吧。这些人真下流！"

她们继续往前走。这时托尔舍波夫先生正在对勒萨勃尔说:"这件事已经说定了,元旦就宣布。处长已经正式答应我了。"

而勒萨勃尔回答:"亲爱的科座,我真不知道怎么报答您。"

回家的路上,他们遇见卡舍兰、皮托莱和布瓦塞尔。这三个人几乎抬着萨翁老伯,开心得笑出了眼泪。他们取笑着说,他们是在河边远远看见他的,当时他正跟一个小娘们儿在一起。

老人吓得连声说:"没有的事;不,这是没有的事。卡舍兰先生,这么说可不好,这可不好。"

而卡舍兰笑得喘不过气来,大声说:"啊!老不正经的!你还叫她:'我的心爱的小鹅毛。'啊!我们可算逮住你了,老色鬼!"

看着这老好人那惊恐万状的样子,连两位太太也笑起来。

卡舍兰接着说:"如果托尔舍波夫先生允许的话,我们就把他作为囚犯留下来服刑,让他跟我们一起吃晚饭好吗?"

科长慨然应允。人们就继续拿那个被老人遗弃的女人开玩笑,尽管老人一直在抗议,被这拙劣的恶作剧弄得苦不堪言。

一直到晚上,这件事都是插科打诨的主题,甚至成为淫词秽语的口实,没完没了。

柯拉和托尔舍波夫太太坐在门口台阶上的布篷下面，看着夕阳的余晖。太阳从树叶间洒下紫红色的微光。没有一丝风，树枝纹丝不动。无边静谧的祥和从燃烧般的宁静天空降落。

又有几只船经过，不过划得很慢，是在返回船坞。

柯拉问："好像这可怜的萨翁先生娶了一个女叫花子，是吗？"

托尔舍波夫太太对办公室的事了如指掌，回答："是的，那女子是个孤儿，因为太年轻了，跟一个坏蛋欺骗了老萨翁，最后又跟那个坏蛋逃走了。"胖太太接着补充道："我说那人是个坏蛋，其实我什么也不知道。据说他们俩很恩爱。或许只能说，萨翁老伯太没有吸引力。"

勒萨勃尔太太郑重地接着说："这也不能成为逃走的理由。这可怜的老头儿很值得同情。我们的邻居巴尔布先生的遭遇也一样。他的妻子爱上了在这里度夏的一个什么画家，跟他跑到外国去了。我就不明白，一个女人怎么能堕落到这种地步。依我看，对这些给家庭带来耻辱的坏女人，就应该有一种特殊的惩罚。"

奶妈抱着裹在襁褓里的黛西蕾出现在小路尽头，向两位太太走过来。在傍晚金黄透红的薄雾中,孩子全身都是玫瑰色的。她用那双微弱、惊奇、蒙眬的眼睛,一会儿看着火红的天空,一会儿来回看着这些人的面孔。

在稍远处聊天的男人们也都走过来;卡舍兰抱过他的外孙女,一次次把她高高举起,仿佛要把她送上天似的。她穿着垂到地面的白色长裙的侧影,出现在天际灿烂的背景上。

外祖父高呼:"这是世上最美好的了,对不对,萨翁老伯?"

老人没有回答;他没有什么可说的,要不就是想的事情太多。

一个仆人打开通向台阶的门,报告:"夫人,用餐了!"

德尼 *

* 本篇首次发表于一八八三年六月二十八日的《高卢人报》；一八八四年首次收入维克多·阿瓦尔出版社出版的莫泊桑小说集《密斯哈丽特》。

献给莱昂·沙普隆①

1

马朗波先生拆开男仆德尼交给他的一封信,微微地笑了。

德尼在他家已经干了二十年,这个粗壮开朗的矮个子男人,地方上的人提起他,无不称道他是仆人的榜样。见到主人高兴的情景,他问:

"先生很高兴,是收到了好消息吧?"

马朗波先生并不富有。他从前是村里的药剂师,一直独身,靠着向农民们卖药辛苦获得的菲薄收益生活。他回答:

---

① 莱昂·沙普隆(1840—1884):法国律师,曾和莫泊桑同为《大事报》和《吉尔·布拉斯报》的记者。

"是的，我的小伙子。因为我威胁要打官司，马卢瓦大叔让步了。明天我就能收到我的钱。五千法郎对一个老单身汉的钱柜来说不会有坏处。"

马朗波先生一面说一面搓着手。这是一个性格得过且过的人，不怎么欢快，更有些伤感，做事欠缺持久的毅力，总是漫不经心。

一些重要的居民点的药剂师去世的时候，他本可以趁机拿下他们的地盘，接过他们的客源，十拿九稳地赢得非常优裕的舒适生活。但是他厌烦搬家，想到要办的各种各样的手续，每一次都让他止步不前；前思后想了两天以后，他总是满足于说一句：

"算了！下次再说。等一等，我不会有任何损失，也许还会有更好的。"

相反，德尼总鼓动他的主人见机行事。他的性格活跃，经常这么说：

"噢！我嘛，如果我有本钱，我早就发大财了。只要有一千法郎，我就能做起我的生意来。"

而马朗波先生总是笑而不答，走到他的小花园里去，两只手抄在背后，一边遐想，一边漫步。

德尼就像个春风得意的人一样，整天哼着一些老调儿和地方上流行的几支轮舞曲。他甚至表现出使不完的活力，因为他清洗了整座房子方砖地，卖力地擦亮了玻璃窗，一边扯着嗓子高唱着他那些歌谣。

马朗波先生对他的热情感到惊讶，笑眯眯地对他说了好几次：

"照你这么干，我的小伙子，你明天就没有一点可做的了。"

第二天，上午九点钟光景，邮差交给德尼四封给他主人的信，其中的一封很沉。马朗波先生立刻把自己关在房间里，一直到下午三四点钟。他把写好的四封信交给男仆，让他去邮局寄发。其中的一封是寄给马卢瓦先生的，想必是那笔钱的收据了。

德尼没有向主人提任何问题；他那一天显得又忧郁又阴沉，和他前一天乐呵呵的样子判若两人。

夜晚降临，马朗波在他平常睡觉的时间上床，并且马上就睡着了。

他被一个奇怪的响声惊醒，立刻在床上坐起来，倾耳细听。这时，门突然开了，德尼出现在门口，一只手举着蜡烛，另一只手拿着一把菜刀，两只大眼睛直勾勾的，嘴唇和脸像那些被狂烈的情绪驱使着的人一样痉挛着,脸色煞白,像个幽灵。

马朗波先生大惊失色,以为德尼患了夜游症,正要起身向他跑过去,男仆吹灭了蜡烛,向他的床边扑过来。主人向前伸出两只手去阻挡,被德尼撞了个仰面朝天;他以为德尼一定是疯了,便试图抓住他的双手,避开他不断抡来的菜刀。

他肩膀上先挨了一刀,第二刀落在额头上,第三刀砍在胸脯上。他拼命地挣扎,在黑暗中挥着双手,还用脚蹬,一边叫喊着:

"德尼,德尼,你疯了吧,喂,德尼!"

但是对方气喘吁吁,穷凶极恶,还在一个劲地砍杀,有时被一脚蹬回去,有时被一拳顶回去，而他又疯狂地扑回来。马朗波先生的大腿上又有两处被砍伤，肚子上也被砍了一刀。这时一个想法突然在马朗波先生的脑子里闪过，他叫喊起来：

"住手，住手，德尼，我没有收到钱。"

对方马上停下来；在黑暗中，主人能听见他呼哧带喘的声音。

马朗波先生紧接着说：

"我什么也没有收到。马卢瓦先生食言了，官司就要开始；让你去邮局寄信就是为了这个。你不信，可以读读我写字桌上的那些信。"

他使出最后的力气，抓起床头柜上的火柴，点亮了蜡烛。

他浑身是血。热乎乎的血溅到了墙上。被毯，床帏，都被染红了。德尼站在卧室中间，从头到脚也是鲜血淋淋。

见此情景，马朗波先生以为自己死了，接着便失去了知觉。

天亮时，他苏醒过来。过了好长时间，他才恢复了意识，有了理解力和记忆力。他突然想起自己遭到谋杀和伤害的情形，顿时感到一阵强烈的恐惧，连忙闭上眼睛，什么也不想看见。几分钟以后，他平静下来了，便开始思索。他既然没有立刻死，看来还能活过来。他感到虚弱，非常虚弱，但是并不感到剧烈的痛苦，尽管身体的不同部位明显地有些不适，就像被钳住了似的。他还感到自己的身体冰冷，湿漉漉的，像是被捆住了，紧紧缠在绷带里。他想，这潮湿的感觉想必是来自流淌的鲜血。想到这鲜红的液体从他的血管里喷出来，把他的床都溅满了，他紧张得浑身发抖。一想到会看见这可怕的场景，他就胆战心惊，他使劲紧闭着眼睛，仿佛它们会违背他的意志睁开似的。

德尼怎么样了？他大概已经逃走了。

但是他，马朗波，现在怎么办呢？站起来？呼救？可是，如果他稍稍做一个动作，他的伤口就一定会再裂开；他的血流干了，他就会死。

忽然，他听见有人推他的房间的门。他的心脏几乎停止跳动。可以肯定，是德尼来结果他。他屏住呼吸，让这个杀人犯以为一切都完了，杀人的活儿已经完成。

他感到有人掀开他的被毯，接着又摸摸他的肚子。胯骨附近一阵剧痛让他打了个哆嗦。现在有人用凉水轻轻地为他清洗。这么说，人们发现了这桩重大的罪行，正在为他治疗他，救他。他顿时一阵大喜；但是，出于谨慎，他不想让人看出他已经苏醒，他小心翼翼，稍稍睁开眼睛，而且仅仅是一只眼睛。

他认出德尼站在他身旁，确实是德尼！天哪！他连忙又闭上眼睛。

德尼！他究竟在做什么？他究竟要做什么？他还有什么可怕的计划？

他在做什么？他在为他清洗，想必是为了擦掉他身上的血迹！他现在要把他埋到花园里去，埋到地下十尺，让人发现不了？或者藏到地窖里去，藏在那些瓶装上等葡萄酒的下面？

马朗波颤抖起来，颤抖得那么厉害，四肢都在抽动。

他心想："我完了，完了！"他绝望地闭紧眼皮，为了看不见那向他砍来的致命的一刀。但他并没有挨到这一刀。德尼现在把他托了起来，用布条把他固定住。然后，他开始细心地包扎他大腿上的伤口，就像他主人还是药剂师时他学到的那样。

对一个内行人来说，不可能再有任何疑问了：他的仆人在企图杀死他以后，又在尽力抢救他。

于是，马朗波用濒死者的声音，向他发出切实有用的建议：

"用清水掺皂角苷煤焦油清洗和包扎!"

德尼回答:

"我现在就是这么做的,先生。"

马朗波先生睁开两眼。

不管是床上,卧室里,还是杀人犯身上,都没有血迹了。受伤的他躺在洁白的被毯里。

两个男人互相看着。

马朗波先生终于轻轻地发声:

"你犯了一桩大罪。"

德尼回答:

"我正在弥补,先生。如果您不揭发我,我还会像过去一样忠心耿耿伺候您。"

现在可不是对他的这个仆人表示不满的时候。马朗波先生又闭上眼睛,一个字一个字清晰地说:

"我向你发誓,决不揭发你。"

2

德尼救了他的主人。他日日夜夜,觉也不睡,一刻也不离开病人的卧室，为他准备药品、汤药、合剂，给他诊脉，惶惶不安地数他的脉搏，像护士一样灵巧、儿子一样尽心地伺候他。

他不断地问：

"喂，先生，您觉得怎么样？"

马朗波先生声音微弱地回答：

"好一点了，我的小伙子，谢谢你。"

夜里，受伤的人醒的时候，经常看到他的守护人坐在扶手椅里哭，默默地抹着眼泪。

前药剂师从来没有得到过这样的照料，这样的呵护，这样的爱抚。他起先心想：

"等我痊愈了，我马上就摆脱掉这个恶棍。"

他现在已经处于恢复期，他把和这个杀人犯分手的时刻一延再延。他想，换了任何别的人，也未必会如此尊重和关心他。但是他要让这个小伙子总处在惶恐的状态；他告诉他，他已经放了一份遗嘱在公证人那儿，如果发生了什么新的意外事故，就向法庭揭发他。

在他看来，有了这个预防措施，就可以保证他未来免受一切新的谋害了；他甚至心里还想，把这个人留在身边，可以更严密地监视他,也许更为谨慎。

就像从前他对盘下某个更大的药房迟疑不决一样,他总是下不了决心。他对自己说:

"以后总有时间。"

德尼继续表现得像一个好得无人可比的仆人。马朗波先生痊愈了。他把他留了下来。

然而,一天上午,马朗波先生刚吃完早饭,就听见厨房里传来一阵巨响。他连忙跑过去。德尼被两个宪兵抓住,正在挣扎。宪兵班长神色严肃地在一个本子上做着笔记。

一看见主人,德尼就哭起来,叫嚷着:

"您揭发了我,先生,这可不好;您答应过我,您说话不算数，马朗波先生；这可不好，这可不好！……"

马朗波先生愣住了，受到这样的怀疑，让他很难过，他举起手：

"我向天主发誓，我的小伙子，我没有揭发你。我根本不知道宪兵先生是怎么得知你曾经企图杀我的。"

宪兵班长吃了一惊：

"马朗波先生，您说他曾经要杀您？"

前药剂师慌里慌张地回答：

"是呀……不过我并没有揭发这件事……我什么也没有说……我发誓我什么也没有说……从那以后，他伺候我一直很好……"

宪兵班长严肃地说：

"我记下您的陈述。法庭还不知道这个新的情况，它会做出判断，马朗波先生。我是因为他到杜阿梅尔先生家偷偷摸摸地抓走两只鸭子的事来逮捕他的，这件事有证人。我请您原谅，马朗波先生。我会把您做的声明汇报上去。"

说完，他转身命令他的下属：

"走吧，上路！"

两个宪兵带走了德尼。

3

律师刚刚以患了疯狂症为由做了辩护,而且用两桩罪行互为依据来加强他的论证。他清楚地证明,偷两只鸭子和砍马朗波先生八刀都是出自同样的精神状态。他详细地分析了这种精神错乱过渡进展的各个阶段,指出只需在一家条件优越的精神病院治疗几个月,病人就可痊愈。他用热情洋溢的措辞大谈这个诚实的仆人始终如一的忠诚,以及在短暂的神志不清状态下伤害了主人以后对他的无比细致的照顾。

马朗波先生被这番话勾起的回忆深深地感动,眼睛都湿了。

律师发现了这一点,尽情地张开双臂,展开他那像蝙蝠翅膀一样的长长的黑袖子,声音洪亮地说:

"请看,请看,请看,陪审员先生们,看这些眼泪。我现在还有什么要为我的顾客说的呢?什么演说,什么论据,什么推理,能比他的主人的眼泪更有价值呢?这些眼泪比我的话更响亮,比法律更有力;它们在呼喊:'请饶恕一个一时精神错乱的人吧！'它们在恳求，它们在宽恕，它们在祝愿！"

他不说了，坐下来。

这时庭长转向马朗波先生，他刚才已经为他的仆人发表了非常精彩的证词，庭长问他：

"不过，先生，如果真像您所认为的，这是个有精神病的人，那就无法解释您为什么把他留下来。他仍然是危险的呀。"

马朗波先生擦着眼泪说：

"您让我怎么办呢，庭长先生，眼下找仆人那么难……我再也遇不到更好的了。"

德尼被宣判无罪，由他的主人出钱，把他送进一家精神病院。

驴 *

* 本篇首次以《好日子》为标题发表于一八八三年七月十五日的《高卢人报》；一八八四年以现题首次收入维克多·阿瓦尔出版社出版的莫泊桑小说集《密斯哈丽特》。

献给路易·勒普瓦特万①

没有一丝风吹过沉睡在河面上的浓雾。那浓雾就像在水面堆起的一大片云状的棉花，连两边的河岸都朦朦胧胧，消失在像小山峦一样起伏的怪诞的雾气下面。不过白昼已经准备绽放，山丘正在变得分明。山丘脚下，在初生的曙光照耀下，渐渐显现出一座座用石膏粉刷的房屋

---

① 路易·勒普瓦特万（1847—1909）：法国画家，莫泊桑的表兄，他的父亲阿尔弗雷德·勒普瓦特万是莫泊桑的舅父，也是莫泊桑的姑父。

的白色大斑点。几只公鸡在鸡舍里打鸣。

那边,烟波浩渺的河的对岸,拉弗莱特①的正对面,不时地有一些轻微的声响搅乱无风的天空的伟大静谧。有时是一阵隐约的汩汩声,像有一条小船在小心翼翼地划行;有时是一下干脆的碰撞声,像是船桨磕在船帮上;有时又像有个柔软的东西落在水里。然后,就什么动静也没有了。

不过偶尔也有几句低低的说话声,不知从哪里来的,也许来自很远的地方,也许近在咫尺,在这浓雾中游荡。这些来自陆地或者河面的说话声,怯生生地溜过,就像在灯芯草丛中栖息的野鸟,晨光乍露时就起飞,为了逃遁,不停地逃遁;只能在刹那间眺见它们振翅穿过雾霭,发出一声轻轻的惊叫,把沿河两岸它们的兄弟们唤醒。

突然,在对着村庄、靠近河岸的水面上,出现一个黑影,起初只是依稀可见,后来越来越大,越来越清晰,一条乘有两个男子的平底船从垂在河面的雾帘里钻出来,停在岸边的草地旁。

划桨的那个人站起来,从船底拎起一个装满了鱼的水

---

① 拉弗莱特:巴黎西北方的一个市镇,在塞纳河右岸,距巴黎约二十公里。

桶,然后把还湿淋淋的罩形渔网甩在肩上。他的那个没有划桨的伙伴说:

"带上你的枪,咱们去岸上打只兔子,好吗,马约什①?"

对方回答:

"正合我的意思。你等等我,我就来找你。"

说完,他便离开船,把打到的鱼藏起来。

留在船上的那个人不慌不忙地装满了烟斗,点着了。

他叫拉布依兹,外号希科②,和他的朋友,通常人们叫他马约什的马约雄搭档,干些鬼鬼祟祟、不清不楚的在河里或沟里捡破烂儿的营生。

他们是内河航行的低级船员。他们只有在捡破烂儿填不饱肚子的月份才正规地航行,其余时间都捡破烂儿。他们日夜在河上荡来荡去,窥伺着有什么猎物,不管是死的还是活的。他们是违禁捕鱼人,夜间偷猎者,下水道里的盗贼。他们有时潜伏在圣日耳曼树林③里打狍子;有时搜寻在水下缓

---

① 马约什:法语 mailloche 的音译;意译为"大木槌"。
② 希科:法语 chicot 的音译;意译为"树桩"。
③ 圣日耳曼树林:位于巴黎西北方约二十公里,塞纳河左岸,原为王家狩猎场。

缓移动的溺亡者,减轻他们口袋的负担。他们捡漂浮着的破烂衣服,瓶口朝天、像醉汉一样摇摇晃晃地顺流而下的空酒瓶,漂移着的木块。拉布依兹和马约雄就这样过着舒坦的日子。

有时候,将近中午的时候,他们会上岸去溜达溜达。他们在岸边的一家客栈吃了午饭,然后肩并肩地继续溜达。有时候一两天也不见他们的踪影。接着,某一天早上,又看到他们划着那条可以当垃圾卖的小船荡来荡去。

在儒安维尔①,在诺让②,几个唉声叹气的划船爱好者在寻找他们夜里丢失的小船,系船的绳子被解开,船不见了,想必让人偷走了;而与此同时,在二三十法里③之外的瓦兹河上,一个有产者搓着手,扬扬得意地欣赏着他前一天当旧货买来的小船。那是两个男人只要五十法郎就卖给他的;那两个人见他路过,仅仅凭着他的外表,就主动提出来要廉价

---

① 儒安维尔:巴黎东郊的一个市镇,今全称桥畔儒安维尔,马恩河穿过城中,在今法兰西岛大区马恩河谷省。
② 诺让:巴黎东郊的一个市镇,今全称马恩河畔诺让,在今法兰西岛大区马恩河谷省。
③ 法里:法国古里,约四公里。

卖给他。

马约雄带着用破衣服裹着的猎枪回来了。他的年龄在四五十岁之间,个子又高又瘦,眼睛贼亮,就像做贼心虚,总是提心吊胆的人或经常被人追杀的野兽一样。他的衬衫敞着,露出长满浓密灰色胸毛的胸脯。除了一抹短髭和嘴唇下面的一小撮硬毛,他似乎从来就没有长过别的胡须。连他两边的鬓角都是秃的。

他摘掉肮脏得像油饼似的鸭舌帽,头皮上蒙着一层薄雾似的绒毛,一层极细的软发,仿佛一只拔了毛、就要燎尽细毛的鸡身子。

相反,希科脸色通红,脸上有粉刺,身体肥胖,个子矮矮的,浑身都长着毛,就像藏在工兵帽子里的一块生牛排。他总是闭着左眼,仿佛在瞄准什么东西或者什么人;每当有人拿他这怪癖开玩笑,对他叫喊:"睁开眼,拉布侬兹。"他就语调平静地说:"别怕,我的妹子,到时候我会睁开的。"他有个习惯,管所有的人都叫"我的妹子",甚至他的这个捡破烂儿的搭档。

现在是他拿起桨划起来;平底船又钻进河面上那片静止不动的雾。不过在粉红的霞光照亮的天空下,那片雾已经变成了乳白色。

拉布依兹问：

"你拿的什么铅丸，马约雄？"

"非常小的，九号的，打兔子就得用这一种。"

他们向河对岸靠近，划得那么慢、那么轻，没有一点响声，不会引起人的注意。这边的河岸属于圣日耳曼树林，是禁止枪猎兔子的界线。河岸上布满了兔子洞，这些洞都隐藏在树根底下。清晨，这些小动物在洞里活蹦乱跳，窜来窜去，跑进跑出。

马约雄把枪隐蔽在船的底板上，跪在船头窥察着。他突然拿起枪，瞄准，枪声在宁静的田野上久久回荡。

拉布依兹紧划两桨，船就靠了岸；他的伙伴跳到岸上，捡起还在剧烈抽搐的灰色的小兔子。

然后，小船又钻进雾中，划到对岸，躲开守卫搜查的目光。

现在，两个人好像是在水上悠闲地漫游。枪已经藏到专门用来藏东西的船板下面，而那只死兔子藏在希科鼓起来的衬衫里。

过了一刻钟，拉布依兹问：

"喂,我的妹子,再打一只吧。"

马约雄回答:

"我看行,走。"

小船又出发了,迅速地顺流而下。覆盖在河面上的雾开始消散,现在就像只隔着一层薄纱,已经看得到两岸的树木;大片的雾已经撕裂成一小块一小块的云朵,顺着河水漂流而下。

他们划到埃尔布莱①前面的那个小岛的尖儿,放慢速度,又开始窥测。不久就打死了第二只兔子。

他们继续顺流而下,划到去孔弗朗②的途中,就停下来,把船系在一棵树干上,躺在船底板上睡起觉来。

拉布依兹时不时地抬起身子,用他那只平常眍着的眼睛往四下里扫了一圈。最后的晨雾也都蒸发了;夏季的大太阳正在升起,在蔚蓝的天空里光芒四射。

那边,在河的另一边,种着葡萄的小山坡呈半圆形,只

---

① 埃尔布莱:巴黎西北方的一个市镇,今全称塞纳河上埃尔布莱,在塞纳河右岸,距巴黎二十余公里,在今法兰西岛大区瓦兹河谷省。
② 孔弗朗:巴黎西北方的一个市镇,今全称孔弗朗圣奥诺利娜,在塞纳河右岸,距巴黎约二十七公里,在今法兰西岛大区伊夫林省。

有一座房子矗立在山坡高处的一片绿树中。万籁俱寂。

但是在纤道上,有个什么东西在缓慢地移动,几乎看不出它在前进。那是一个女人牵着一头驴。那个畜生行动迟缓,又呆又犟,只有禁不住那妇女使劲拉,不能再赖着不走,才隔一会儿伸出一条腿;它就是这样,伸长了脖子,耷拉着耳朵,往前磨蹭,慢得让人很难预测它什么时候能走出视线。

那个女人拉着那头驴,腰弯成了两截,时而回过头,用一根树枝抽它一下。

拉布依兹远远看见她,说:

"喂,马约什!"

马约什回答:

"什么事?"

"你想开个玩笑吗?"

"当然啦。"

"好吧,打起精神,我的妹子,咱们乐一下。"

希科摇起了双桨。

他划过河,正好来到那个乡下女人和她牵的那头驴前面,喊道:

"喂,我的妹子!"

牵驴的女人停下来,往这边看。拉布依兹接着嚷道:

"你这是去火车头集市吗?"

那女人没搭理他。希科接着又说:

"喂,你这头驴,它是在赛跑中得过奖的。用这个速度,你要拉它去哪儿?"

那女人终于回答:

"我去尚比乌①的马卡尔家,卖给他宰了。它一点用也没有了。"

拉布依兹回答:

"这话我相信。不过,马卡尔,他能给你几个钱呢?"

那女人用手背擦了擦额头,迟疑了一下说:

---

① 尚比乌:巴黎西北方的市镇阿尔让特依的一个区。

"我怎么知道？也许三个法郎，也许四个法郎？"

希科喊道：

"我给你一百个苏，也算你跑了一趟。这不少了。"

那女人稍稍思索了一会儿，说：

"就这么说了。"

于是两个捡破烂儿的上了岸。

拉布依兹一把抓住驴的缰绳。马约雄有些不解，问道：

"你要这头老驴干什么？"

这一次希科睁开了另一只眼，这说明他很开心。他通红的脸高兴得都变了形，咯咯地笑着说：

"别怕，我的妹子，我有我的主意。"

他给了那女人一百个苏。她就坐在沟沿上，看看会发生什么事。

这时，拉布依兹兴冲冲地把他的枪取来，递给希科，说：

"老伙计，每人打一枪；我们来打个大猎物。我的妹子，别靠这么近，妈的，你这样，第一枪就会送它的命。开心的时间要拖得长一点。"

他让伙伴站到离牺牲品四十步远的地方。驴感到自由了，正试图吃岸边长得老高的草，但是它已经筋疲力尽，四条腿直打软，几乎就要倒下去。

马约雄慢慢地瞄准了它，说：

"注意了，希科，看我往耳朵里撒点盐。"

他就开了枪。

细小的铅丸把驴的长耳朵打出好多洞眼，驴使劲地抖动着耳朵，有时抖这一只，有时抖那一只，有时两只一起抖，为了摆脱这针扎似的感觉。

两个男人弯着腰，跺着脚，笑得前仰后合。但是那个女人愤怒地冲了过来；她不愿意别人虐待她的驴，她又是发火，又是抱怨，宁愿把那一百个苏还给他们。

拉布依兹威胁要揍她，还做出卷袖子的架势。他已经付了款，不是吗？那就得了。他甚至要往她裙子上打一枪，让她知道不会有任何感觉。

她走了，一边走一边威胁要去找宪兵。她大声辱骂了很久，而且走得越远骂得越凶。

马约雄把枪递给他的伙伴。

"该你了，希科。"

拉布依兹瞄准，射击。驴的大腿上挨了一枪，不过铅丸那么小，距离那么远，它大概以为被牛虻叮了一下，因为它就像驱赶苍蝇似的，用尾巴使劲地拍打着自己的腿和背。

拉布依兹索性坐下，可以尽情地笑。而这时马约雄在往枪里装弹药；他是那么开心，就好像在往大枪管里打喷嚏。

他向前走近几步，对准他伙伴打的同一个地方，又开了一枪。这一次，那头畜生吓了一跳，转过头去，想尥蹶子。它终于流出一点血。它被伤到了深处，感到一阵剧痛，开始在河岸上奔逃，不过是慢步小跑，一瘸一拐，一颠一颠。

两个男人冲出去追赶它。马约雄步子大；拉布依兹像一般小个子那样，步子倒得快，累得上气不接下气。

不过那头驴跑得没力气了，自己站住了，用惶恐的目光看着它的凶手们跑过来。接着，它突然伸长脖子，嚎叫起来。

气喘吁吁的拉布依兹已经接过枪。这一次他走得很近，他没有再跑的兴趣了。

驴结束了它的哀鸣，那是它最后的呼救，也是它最后的无奈的呐喊。这时，拉布依兹又有了一个主意。他喊道："喂！马约什，我的妹子，快过来，我要给它吃点药。"于是，马约什用力掰开驴紧闭着的嘴，希科把枪管伸进它的嗓子眼里，就像要让它喝药似的，然后说：

"喂，我的妹子，注意，我要灌泻药啦。"

他扣动了扳机。驴倒退了三步，坐到地上；它试图站起来，可是终于闭上眼睛，侧着身子，瘫倒在地上。它整个衰老脱了毛的身体抽搐着，四条腿就像还想奔跑似的乱蹬着。

一股鲜血从它的牙缝里涌出来。不一会儿它就不再动弹。它死了。

这两个人并没有笑。这游戏结束得太快，他们亏了。

马约雄问：

"哎呀，现在拿它怎么办？"

拉布依兹回答：

"别怕，我的妹子，把它搬到船上去，咱们等天黑了接着玩。"

他们便去找他们的小船，把驴的尸体放在船底板上，上面盖上青草。两个无赖躺在草上，又睡了。

将近中午的时候，拉布依兹从船上的几个蛀满虫眼、沾满泥巴的暗箱里取出一升葡萄酒、一个面包、一些黄油和几个生葱头，他们就吃起来。

吃完了，他们躺在死驴身上继续睡。夜晚来临的时候，拉布依兹醒了，摇晃着还在像管风琴一样鼾声如雷的伙伴，下令：

"喂，我的妹子，上路。"

马约雄就划起船来。他们沿着塞纳河不慌不忙地逆流而上，因为他们有的是时间。两岸的河面上长满了睡莲，一棵棵山楂树把它们的白色花束垂向流水，散发出阵阵香味；淤泥色的笨重的小船在平铺着的硕大睡莲叶子上滑行，圆圆的、像铃铛一样裂开的雪白的睡莲花被船压弯了，又挺起来。

他们来到把圣日耳曼树林和梅松-拉斐特公园分开的艾普隆墙，拉布依兹叫伙伴停下，向他说明了自己的计划。马约雄听了低声笑了好一会儿。

他们把盖在驴尸体上的青草扔到河里，抓住那个畜生的

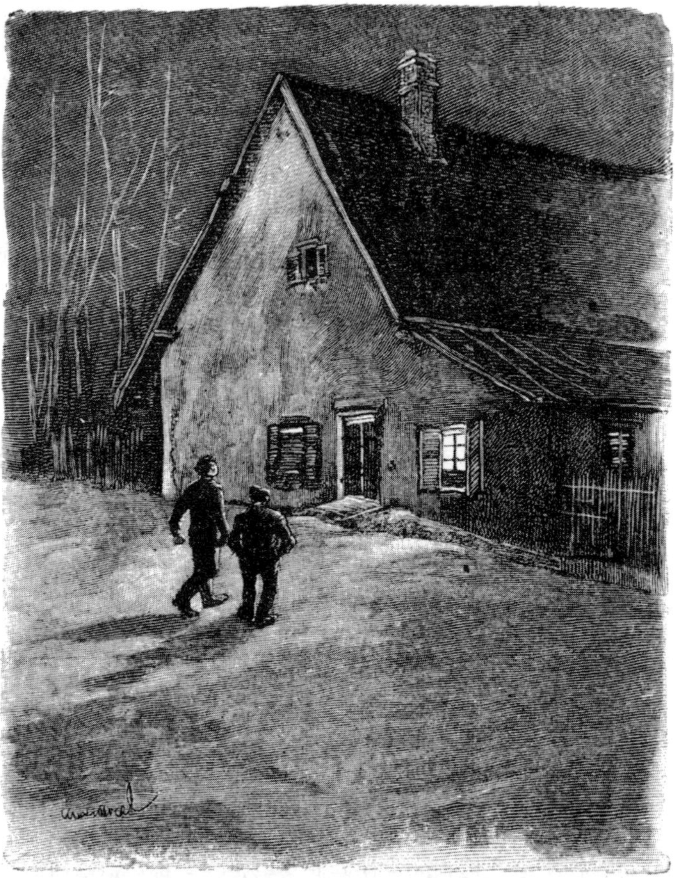

腿把它搬到岸上，藏在一个茂密的矮树丛里。

然后，他们又上了船，划到了梅松-拉斐特。

他们走进兼售葡萄酒的于勒老爹的饭馆时，天已经全黑了。一见他们，于勒老爹就走上前和他们握手，然后在他们的桌边坐下，东拉西扯地聊起来。

将近十一点钟，最后一位客人也走了，于勒老爹眨着眼睛问拉布依兹：

"喂，有什么货吗？"

拉布依兹晃了晃脑袋，说：

"有，也没有，都有可能。"

饭馆老板追问：

"灰兔吗，也许只是些灰兔？"

说着，希科把手探进羊毛衬衫里，拉出两只兔子耳朵，说："三个法郎一对。"

于是开始了长时间的讨价还价。最后两个法郎六十五生丁成交。两只兔子交了出去。

见两个偷鸡摸狗的家伙站起来要走，一直在观察他们的于勒老爹说：

"你们一定还有别的东西，只是你们不肯说。"

拉布依兹回答:

"可能吧,不过不是给你的,你太抠门了。"

老板来了劲,追问:

"哦,是大家伙,喂,快说是什么,咱们好商量。"

拉布依兹好像很为难,装作用目光在询问马约雄的想法,然后慢吞吞地回答:

"是这么回事。我们正埋伏在艾普隆,忽然有什么东西在我们眼前经过,窜到墙尽头左边的第一个灌木丛里。

"马约什朝那儿打了一枪,它倒了。可是看见有看守,我们就溜了。我没法对你说那是什么,因为我确实不知道。说是大家伙,倒是够大的。到底是什么?我要是对你说,那就是诳你了;你知道,我的妹子,咱们之间,要真诚相待。"

饭馆老板很激动,问:

"不会是一只狍子吧?"

拉布依兹接着说:

"很可能是,不过也许是别的家伙呢?一只狍子?……是的……不过也许是更大的家伙?比方说一头母鹿。啊!我并不是对你说这就是一头母鹿,因为我确实不知道,不过有这个可能!"

饭馆老板追着说：

"也许是一头公鹿？"

拉布依兹摊开手：

"这，不可能！要说是公鹿，那不是公鹿，我不骗你。那不是公鹿。公鹿有角，我是会看到的。不会是一头公鹿，那不是一头公鹿。"

"你们为什么不把它弄来呢？"

"为什么，我的妹子，因为今后我们都要在现场卖。我有买主。你要明白，咱们去那儿转一圈，找到了，拿走完事。对我们没有风险。就是这么回事。"

饭馆老板半信半疑，说：

"现在，也许它不在那儿了呢。"

拉布依兹又举起手：

"说到在不在，它一定在那儿，我敢跟你保证，我敢对你发誓。左边第一个灌木丛里。到底是什么，我不知道。我知道不是一头公鹿，这，我可以肯定，不是。别的，就由你去那儿看了。二十法郎现付，你看行吗？"

那人还有些犹豫：

"你不能把它给我送来吗？"

马约雄发言了：

"那就不是打赌了。如果是个狍子，五十法郎；如果是头母鹿，七十法郎；这就是我们的价。"

饭馆老板下定了决心：

"就二十法郎吧。就这么说了。击掌为定。"

他从柜台里取出四大枚一百个苏的硬币，两个朋友装进了口袋。

拉布依兹站起来，把自己那杯酒喝完，便走出去；在进入黑暗中以前，他回过头特加说明：

"那不是一头公鹿，可以肯定。不过，究竟是什么？……反正说了它在那儿，它就一定在那儿。要是你什么也找不到，我就把钱还给你。"

然后他就走进黑夜中。

跟在他身后的马约雄往他的后背狠狠捶了几拳，表明他多么开心。

田园诗 *

*　本篇首次发表于一八八四年二月十二日的《吉尔·布拉斯报》，作者署名"莫弗里涅斯"；同年首次收入维克多·阿瓦尔出版社出版的莫泊桑小说集《密斯哈丽特》。

献给莫里斯·勒鲁瓦①

列车刚离开热那亚②,向马赛③奔驰。它沿着蜿蜒起伏的漫长岩岸像一条铁蛇似的在大海和高山之间滑行,在用细浪

---

① 莫里斯·勒鲁瓦(1853—1940):法国插图画家,莫泊桑的朋友,莫泊桑早年与友人合作的剧本《玫瑰花瓣土耳其楼》就是在他的画室演出的。
② 热那亚:意大利最大商港和重要工业中心,位于意大利西北部,利古里亚海的热那亚湾北岸。
③ 马赛:法国东南部濒临地中海重要港口城市,今普罗旺斯-阿尔卑斯-蓝色海岸大区首府所在地,罗纳河口省省会。

镶上一道银边的黄色沙滩上爬行,像野兽归巢一般突然钻进黑黢黢的隧道口。

在最后一节车厢里,一个肥胖的女人和一个年轻男子面对面坐着,并不交谈,只是偶尔互相看一眼。她大约有二十五岁,坐在车窗旁,观赏着风景。这是个健壮的皮埃蒙特①农村妇女,眼睛乌黑,胸脯硕大,面颊肉墩墩的。她已经把几个包裹塞到长木凳底下,剩下一个篮子放在膝盖上。

而他呢,他的年龄在二十岁左右,清瘦,皮肤深褐,就是顶着烈日在地里劳作的人的那种黝黑的颜色。他的身边有一个不大的布包,里面放着他的全部财产:一双鞋、一件衬衣、一条短裤和一件上衣。他也在长凳底下藏了些东西:用绳子捆在一起的一把锹和一把鹤嘴镐。他去法国找工作。

冉冉升空的太阳,向海滨泻下一股股热浪;这时是五月末,沁人肺腑的香味漫天飞舞,飘进拉开了玻璃窗的车厢。开花的橙树和柠檬树向宁静的天空喷发出阵阵馨香,那么甜美,那么强烈,那么撩人,还夹杂着玫瑰的芬芳。这些玫瑰就像野草一样,在路边,在繁花似锦的花园,在农舍门前,

---

① 皮埃蒙特:意大利西北部的一个大区。

甚至在田野里，到处生长。

在这滨海地带，这些玫瑰就像在自己家里！它们强烈而又轻盈的香味弥漫着整个地区，把空气变得像蜜糖一样甘美，像葡萄酒一般令人陶醉，而又比葡萄酒更加耐人寻味。

列车缓缓前进，仿佛想在这大花园和这懒洋洋的氛围中多待一会儿。它几乎随时都会停下，哪怕是很小的车站，在几座白房子前面；然后长长地鸣几声汽笛，再慢慢腾腾地往前开。没有一个人上车。就好像全世界都在打盹，下不了决心在这春天炎热的上午换个地方。

胖女人时不时地闭上眼，然后，篮子在膝盖上往下滑，快要掉下去的时候，便突然睁开眼，急忙抓住篮子。她向窗外看了几分钟，又打起瞌睡来。几粒汗珠从她的额头流下；她呼吸艰难，好像闷得难受。

那个年轻男子头歪到一边，正在像庄稼汉那样酣睡。

驶出一个小车站的时候，农妇好像突然醒来，掀开篮子，拿出一块面包、几个煮鸡蛋、一小瓶葡萄酒和几个李子、几个鲜红的漂亮的李子，吃起来。

那个男子也突然醒过来，看着她，看着她从膝盖上的篮子里送到嘴里的每一口食物。他两颊凹陷，双唇紧闭，叉着两条胳膊,两眼一刻不离地看着她。

她就像那些贪嘴的胖女人一样吃着,不时地喝一口酒,把鸡蛋送下肚,还时而停下来,松一口气。

她把所有的食物都吃个精光:面包、鸡蛋、李子和葡萄酒。她刚吃完,那小伙子就闭上了眼。她觉得有点勒得慌,动手松了松连衣裙的上衣。那男子突然又看起她来。

她并不觉得不安,继续解开她的连衣裙上衣的纽扣;在她的两个乳房的重压下,上衣的胸口的缝儿被撑开,而且越开越大,露出了一点白色的内衣和皮肤。

农妇觉得舒服一点了,便用意大利语说:"天气这么热,让人喘不过气来。"

年轻的男子用同样的语言和同样的口音回答:"这可是旅行的好天气。"

她问:"您是皮埃蒙特人?"

"我是阿斯提[①]人。"

"我是卡萨列[②]人。"

---

① 阿斯提:意大利的一个市镇,皮埃蒙特大区阿斯提省省会。
② 卡萨列:全称卡萨列·蒙菲拉托,意大利皮埃蒙特大区亚历山德里亚省的一个市镇。

原来他们是同乡。他们便聊起来。

他们聊了好久，都是些平民百姓不断重复的琐事，不过对他们那迟钝和见识狭隘的头脑来说，这也就足够了。他们谈家乡。他们有一些共同的熟人。他们提起一个又一个名字，每提到一个新的他们都认识的人，他们的友情也更进一步。词儿迅速、急促地从他们嘴里蹦出来，结尾的那个音节很响亮，而且有意大利歌曲一样的乐感。然后，他们就互相询问对方的情况。

她已经结婚，有三个孩子，都让姐姐照看，因为她找到了一个奶妈的位子，在马赛一个法国太太家当奶妈的好位子。

他呢，他还在找工作。

有人对他说去那边能找到，因为那边正在大兴土木。

然后他们就不作声了。

炽烈的热浪像大雨般倾泻在车厢顶上。一阵阵尘雾在列车后面飞扬，不断涌进车厢。橙树和玫瑰的香味更强烈，仿佛变得越来越稠，越来越重。

两个旅客又睡着了。

他们几乎同时睁开眼。太阳正在向大海徐徐降落，把蓝色的海面照得光辉灿烂。空气凉爽一些了，似乎也不那么沉重了。

那个奶妈却在喘息，连衣裙的上衣敞开着，面颊松弛，两眼无神；她虚弱无力地说：

"我从昨天起就没有喂过奶；我头昏眼花，就像要晕过去似的。"

他没有回答，不知道说什么好。她又说："像我这样奶水多的人，一天必须喂三次奶，不然就难受。像有个很重的东西压在心口上，压得我喘不过气来，全身的骨头都像碎了似的。奶水这么多也麻烦。"

他表示："是呀，是有点麻烦。这一定让您很难受。"

看上去她确实很痛苦，痛苦得受不了，几乎要垮了。她喃喃地说："稍微在上面摁一下，奶水就会像喷泉一样喷出来。看着很奇怪。简直让人难以相信。在卡萨列，街坊四邻都来看我。"

他惊叹："啊！真的吗？"

"是呀，真的。我满可以做给您看看，不过这对我也没有用。这么做也流不出多少奶。"

然后她就不说什么了。

列车在一个小站停下。一个女人，身体瘦弱，衣衫寒碜，站在栅栏后面，抱着一个啼哭的婴儿。

奶妈看着这个女人，用同情的语气说："那边有一个女人，我本来可以减轻她的痛苦。那个孩子也可以减轻我的痛苦。您看得出，既然我离开家，离开家人和最小的心肝儿子，去给人家当奶妈，我不是个有钱人；不过我宁愿出五个法郎，只要能把那个孩子抱过来，喂他十分钟奶。这样的话，那孩子不难受了，我也一样。我就会像又活过来一样。"

她又不作声了。可是接着，她好几次用滚烫的手去抚摸汗珠滴淌的额头，一边哀叹："我实在不能忍受了。看来我要活不成了。"她无意识地做了一个动作，把连衣裙的上衣完全扯开。

右边的乳房露了出来，硕大而又坚实，乳头是棕色的。可怜的女人呻吟着:"啊!我的天主! 啊! 我的天主! 我该怎么办呢?"

列车又开动了,在连绵的花丛中继续前行,暖烘烘的夜晚花朵散发出沁人的香味。偶尔有一艘渔船,像在蓝色海面上沉睡似的,白色的风帆纹丝不动;它倒映在水中,仿佛那里另有一艘头朝下的船。

那个年轻人不知如何是好,结结巴巴地说:"或许……太太……我可以帮您……帮您减轻痛苦。"

她有气无力地回答:"好呀,如果您愿意。您可就帮了我的大忙了。我忍受不了,再也忍受不了啦。"

他于是在她面前跪下;而她向他俯下身去,用奶妈熟练的动作,把深色的乳头送到他的嘴边。就在她两手捧起乳房,把它凑近这个男人的时候,乳头上出现了一滴乳汁。他像吃水果一样,用嘴唇含住这沉重的乳房,连忙把这滴乳汁抿了下去。接着他就贪婪而又有节奏地吮吸起来。

他两条胳膊抱着这个女人的腰,紧紧地搂着,把她拉近自己;他像孩子吃奶似的,脖子一动一动,慢慢地、一口一口地吸着。

她忽然说:"这一个行啦,现在吸另一个吧。"

他听话地吸起另一个。

她两手搭在年轻男子的背上,现在呼吸起来又有力、又舒畅,尽情品尝着随列车颠簸涌进车厢的掺杂着花香的阵阵微风。

她说:"这儿的空气真好闻。"

他没有回答,因为他一直在痛饮这肉体的甘泉;他闭着眼睛,细细地品尝着。

不过她轻轻推开了他:

"现在行了。我感觉好多了。我灵魂又回来了。"

他站起来,用手背擦着嘴。

她一边把两个在胸前鼓得老高的活葫芦放回连衣裙,一边对他说:

"先生,您真是好心人,帮了我一个大忙。我非常感谢您。"

而他怀着感激的心情回答:

"应该是我感谢您,太太,我已经两天没有吃东西了!"

细绳*

＊ 本篇首次发表于一八八三年十一月二十五日的《高卢人报》；一八八四年首次收入维克多·阿瓦尔出版社出版的莫泊桑小说集《密斯哈丽特》。

献给哈里·阿利斯①

在格代维尔②周围的各条大路上,农民们正带着妻子朝这个镇子走来,因为是赶集的日子。男人们迈着从容不迫的步子,长长的罗圈腿向前跨一步,整个上身就往前倾一下。他们的腿所以变得畸形,是因为劳动很艰苦,压犁的时候左肩得耸起,同时身子得歪着;割麦的时候,为了重心稳当,两膝得拉开;总之,是由于常年干着各种各样既缓慢又吃力的农活儿。他们的蓝布上衣浆得板板的、亮亮的,仿佛上了一层清漆,领口和袖口都用白线绣着小图案,罩在他们瘦瘠的身体上,鼓得圆圆的,活像个就要飞上天的气球,只不过

---

① 哈里·阿利斯:本名伊波利特·佩尔榭(1857—1895),曾创办《现代与自然主义杂志》等刊物,莫泊桑曾为其撰稿。
② 格代维尔:法国诺曼底大区滨海塞纳省的一个市镇,距莫泊桑的母亲的祖居地费康约十三公里,距埃特尔塔约十六公里。

伸出了一个脑袋、两条胳膊和两只脚。

有的男人在绳子的一头牵着一条母牛或者一个小牛。他们的妻子跟在牲口后面,用一根还带着叶子的树枝抽打着牲口的腰部,催它快走。她们胳膊上挎着大篮子,这里露出几个雏鸡的脑袋,那里钻出几个鸭子的头。她们走路的步子比男人们小,但是比男人们捯得快;枯瘦的身子挺得笔直,披着一块过分窄小的披肩,用别针别在干瘪的胸前;头上贴着发际裹着一块白布,上面再戴一顶软便帽。

接着驶过一辆带长凳的载人大车,拉车的小马一颠一颠地快步小跑,颠得两个并排坐着的男人和一个坐在车后面的女人狼狈不堪;那女人为了减轻剧烈的摇晃,紧紧抓住车帮。

格代维尔广场上,人和牲口混杂在一起,熙熙攘攘。俯瞰这盛大的集会,到处攒动着牛的犄角、富裕的农民戴的长绒高礼帽和乡村妇女的便帽。尖锐刺耳的叫嚷声汇成持续、粗野的喧哗;一个兴高采烈的乡下汉从健壮的胸膛里发出一声大笑,一头拴在房屋墙上的母牛迸出一声长哞,偶尔超越这片喧闹。

这里的一切都带着牛圈、牛奶、牛粪、干草和汗的气味,散发着庄稼人身上特有的人和牲口的难闻的酸臭味儿。

布雷奥泰村的奥什科纳老爹刚刚来到格代维尔；在去广场的路上，他看到地上有一小截细绳。奥什科纳老爹不愧为一个真正的诺曼底人，他非常节俭，认为凡是有用的东西都应该捡起来；于是他吃力地弯下腰，因为他有风湿病。他从地上拾起那截细细的绳子，正准备把它仔细地绕起来，忽然发现马具皮件商玛朗丹老板站在店门口看着他。从前，他们为一副笼头的事有过一些纠纷，两个人都爱记仇，至今还在怄气。被冤家对头看到自己在泥土里找一截细绳儿，奥什科纳老爹感到有些丢脸。他连忙把捡到的东西掖到罩衫下面，接着又藏到裤子口袋里；然后又装作还在地上找什么东西，结果没有找到，这才脸冲着前方，身子因为病痛几乎弯得一折两段，向集市走去。

他很快就消失在人群里。赶集的人们喧嚷着，缓缓移动着，激动地进行着无休无止的讨价还价。那些乡下人用手摸摸母牛，走开了，又回来，神情困惑，总怕上当，迟迟拿不定主意；他们窥视着卖主的眼神，没完没了地变着法儿要识破卖主的诡计，找出牲口的缺陷。

女人们把大篮子放在脚边，从篮子里掏出带来的家禽；它们都被捆住两脚，伏在地上，眼里流露出惶恐，鸡的冠子也涨得猩红。

她们听着买主还的价钱，或者态度决绝、不为所动地坚持着自己的要价；或者突然决定接受还价，向缓着步子走开的顾客吆喝道：

"就这么说吧，昂季姆大叔，卖给

您啦。"

后来,广场上的人渐渐稀少了,午祷的钟声敲响,住得太远的人都分散到周围的客栈去。

在茹尔丹开的客栈,大堂里挤满了吃饭的人,宽敞的院子里停满了各种样式的车辆,有两轮运货马车、两轮轻便篷车、带长凳的载人四轮车、两人乘坐的轻便马车,还有些叫不出名堂的车,溅满了黄泥浆,车架已经歪歪扭扭,东一块、西一块地打着补丁;有的车辕像两条胳膊一样扬起来指向空中,有的车鼻子杵地、屁股朝天。

离坐在桌边吃饭的人不远,有个巨大的壁炉,火烧得正旺,向右边一排人的脊背上喷出一阵阵强烈的热浪。三个烤肉的铁扦在转动,铁扦上插满了鸡、鸽子和羊腿;一股诱人的烤肉的香味和烤焦的肉皮上淌着的油汁的香味,从炉膛里飘出来。人人都喜气洋洋,个个都馋涎欲滴。

农耕一族中的显要们都在茹尔丹老板的客栈里吃饭;茹尔丹既开客栈又贩马,是个颇有几个钱的精明能干的人。

菜一盘盘地端上来,又一盘盘地吃光,黄澄澄的苹果酒也一罐罐地喝光。每个人都要叨唠一下自己生意上的事:买进了什么呀,卖出了什么呀。他们也打听有关农作物收成的情况。眼下的天气对草料作物有利,但是对于麦子来说就有些潮湿了。

突然,房前的院子里,响起一阵鼓声。除了少数几个人无动于衷以外,大家都立刻站了起来,向门口或者窗口跑去,嘴里还塞得满满的,手里拿着餐巾。

宣读公告的差役敲过了鼓,就断断续续、忽紧忽慢地喊起来:

"兹通知格代维尔镇居民,以及所有……赶集的人,今天上午,在波兹维尔来的大路上,在九点……十点钟之间,有人遗失了一个黑色皮夹子,内装五百法郎及一些商业票据。若有捡到者,请立刻送交……镇政府,或者直接交给马纳维尔村的弗图

奈·乌尔布莱克先生。会有二十法郎的酬谢。"

宣读完了,那人就走了。过了一会儿,又从远处传来低沉的鼓声和那个差役变弱了的声音。

于是大家就议论起这件事来,对乌尔布莱克先生有没有运气找回他的皮夹子,众说纷纭。

说话间午饭结束了。

就在人们快要喝完咖啡的时候,宪兵班长出现在门口。

他问道:

"布雷奥泰村的奥什科纳先生在这里吗?"

坐在桌子另一头的奥什科纳先生回答:

"我在这里。"

宪兵班长接着说:

"奥什科纳先生,请您跟我去一下镇政府好吗?镇长先生想跟您谈一谈。"

那乡下人既诧异又慌张,把他那一小杯酒一口喝完,就站起来;他的腰比早上弯得更厉害了,因为每一次休息以后,迈头几步的时候特别困难。他一边往外走一边重复着:

"我在这里,我在这里。"

他就这样随班长去了。

镇长正坐在靠背椅里等他。他是本地的公证人,身体肥胖,不苟言笑,说起话来总爱夸大其词。

"奥什科纳先生,"他说,"有人看见您今天上午在波兹维尔来的大路上捡到了马纳维尔村的乌尔布莱克先生丢的皮夹子。"

乡下人听了瞠目结舌,呆呆地望着镇长;这个嫌疑莫名其妙地落在他的头上,让他大为惊讶。

"我,我,我捡到了那个皮夹子?"

"是的,说的就是您。"

"我发誓,我连看都没看见过。"

"有人看见您捡的。"

"有人看见我捡的?谁,谁看见我捡的?"

"玛朗丹先生,那个马具皮件商。"

这时候老人才想起来,明白了;他气得脸涨得通红,说:

"啊!这个混蛋,他看见我捡的!可他看见我捡的是这根细绳,您看,镇长先生。"

他一边说一边在衣服兜里摸索,掏出那截细绳来。

但是镇长不信,摇着头。

"奥什科纳先生,玛朗丹先生是个值得信赖的人,您不可能让我相信他竟然会把这根细线说成皮夹子。"

乡下人火透了,举起一只手,向旁边啐了一口唾沫,以他的人格发誓,反复地说:

"可是这是千真万确的事实,实实在在的事实呀,镇长先生。这一点,我可以拿我的灵魂再发一遍誓,要是说谎,灵魂永远不能得救。"

镇长又说:

"不仅如此,捡起东西以后,您还在烂泥里找了很久,看看是不是有掉出来的钱。"

老人又是气愤又是害怕,上气不接下气,话都说不连贯了。

"怎么可以说!……怎么可以说……这种瞎话,来糟蹋一个老实人!怎么可以说!……"

他抗议也没有用,人家不信他。

后来让他跟玛朗丹先生对质，玛朗丹先生还是那么说，而且一口咬定他说的是事实。他们对骂了足有一个钟头。根据奥什科纳先生自己的要求，还在他身上搜了一遍。什么也没有搜到。

镇长也不知如何是好，最后只好让他先回去，不过告诉他，他将向检察院报告，依照命令行事。

这时消息已经传开了。老人走出镇政府的时候，人们把他团团围住，问这问那，虽然都出于好奇，有些人是严肃的，有些是为了取笑，但是没有任何人为他打抱不平。他把细绳的故事又讲了一遍。没有人相信他。人们只觉得好笑。

回家的路上，遇见的人都把他拦住，而且他也会主动把认识的人拦住，一遍又一遍地重复他的故事和他的抗议，把衣袋翻过来给人家看，证明他什么也没有。

人人却都对他说：

"老滑头，去你的吧！"

他气愤、恼怒、窝火，因为没有人相信他而痛心疾首，又不知道怎么办才好，只能没完没了地讲他的故事。

天黑了。该回家了。他跟三个邻居一起上路。途中他把捡到那根细绳的地方指给他们看；一路上他始终在絮叨他的遭遇。

这天晚上,他在布雷奥泰村走了一圈,把自己的遭遇说给大家听。他所遇见的人无不视为笑谈。

这让他难过了一整夜。

第二天下午一点钟左右,马利于斯·波梅尔,伊莫维尔村农庄主布勒彤先生的雇工,把皮夹子连同里面的东西原封不动地送还马纳维尔村的乌尔布莱克先生。

据此人说,他确实是在大路上捡到的;因为不识字,他就带回去交给了东家。

消息迅速在周围传开。奥什科纳老爹也得知了。他马上又挨家串户地巡游,向人们讲述他的故事,不过补上了故事的结局。他胜利了。

"让我痛苦的,"他说,"您明白吗,倒不是这件事情本身,而是谎话。因为有人造你的谣而受到指责,没有比这更伤害人的了。"

他整天都在讲他的倒霉的遭遇;对大路上经过的人,对酒馆里喝酒的人,对星期天从教堂里出来的人,逢人便讲。他甚至拦住不认识的人也跟人家絮叨一遍。现在,他没事了,然而总有什么说不清的东西让他不舒服。人们听他说的时候，总是一副嬉皮笑脸的样子。看来他们并没有被说服。他好像总感觉到人们在他背后嘀咕什么。

到了下一周的星期二，他特地又去格代维尔集市，只因他内心里有一种需要：向人们诉说事情的真相。

玛朗丹正站在店门口，见他经过，竟然笑了起来。有什么好笑的？

他凑上去跟克里克托村的一个农庄主说起来；还没等他说完，那人就拍了一下他的胸口，不客气地冲他嚷道："老滑头，去你的吧！"说罢，转身就走。

奥什科纳老爹被弄得目瞪口呆，并且越来越糟心。他们凭什么叫他"老滑头"？

他来到茹尔丹的客栈，刚在桌边坐下，就解释起他的事来。

蒙蒂维利埃村的一个马贩子冲他大喊：

"得了吧，得了吧，老狐狸，你那根细绳的事儿，我知道！"

奥什科纳结结巴巴地说：

"那个皮夹子已经找到了呀！"

可是对方接着说：

"闭嘴吧,老爹;捡的是一个人,还的是另一个人。谁也没看见,谁也不知道,我让你搞不清。"

乡下老汉气得半天说不出话来。他这才恍然大悟。原来人们又在说他指使一个同伙,一个串通好的人,把皮夹子送了回去。

他想争辩,可是全桌的人都大笑起来。

他饭也吃不下去了,就在一片嘲笑声里走了。

他回到家,又是羞恼又是愤懑,怒气和怨气堵住他的喉咙,让他窒息。他特别闹心的是,人家指控他的事,以他诺曼底人的刁滑,他不但做得出来,而且还会自夸手段高明呢。他隐隐约约感觉到,由于尽人皆知他善耍小聪明,看来他再也没法证明自身的清白了。他感到自己的心就像被不公道的猜疑捅了一刀似的。

于是他又重新开始讲述他的遭遇来,而且故事一天比一天说得长,每次都加上一些新的理由、更有力的论据、更庄严的誓词;这一切都是他孤独一人的时候想象和琢磨出来的,因为他的脑子只想他的细绳的故事了。无奈他的辩解越复杂、论证越巧妙,人家越不相信他。

他刚转过身去,人们就说:"这些,都是会说谎的人编造出来的理由。"

他感觉得到这一切,心如刀割;他所做的努力全都徒劳,弄得他筋疲力尽。

眼看着他一天天衰竭了。

那些爱耍笑的人常常逗他讲"细绳的故事"来取乐,就像人们让打过仗的士兵讲他参加过的战役一样。他的精神遭到彻底的打击,已经垮了。

十二月底,他卧病不起。

一月初,他死了;他临终说胡话的时候,还在证明自己的清白,反复念叨着:

"一根细绳……一根细绳……瞧,就在这儿,镇长先生。"

伙计,来一杯啤酒!*

* 本篇首次发表于一八八四年一月一日的《吉尔·布拉斯报》,作者署名"莫弗里涅斯";同年首次收入维克多·阿瓦尔出版社出版的莫泊桑小说集《密斯哈丽特》。

献给何塞-玛丽亚·德·埃雷迪亚①

那天晚上我为什么走进这家啤酒馆？我自己也不知道。那天很冷。霏霏细雨像水的粉尘一样飞舞，被一层透明的雾蒙住的煤气街灯照得人行道闪闪发亮；橱窗的灯光反射在人行道上，照出湿漉漉的泥

---

① 何塞-玛丽亚·德·埃雷迪亚（1842—1905）：法国诗人，原籍古巴。其诗集《战利品》被视为帕尔纳斯派和为"艺术而艺术"理论的代表作之一。莫泊桑于一八七九年在福楼拜家和他相识后成为好友。

柠和行人肮脏的脚。

我哪儿也不去。我只是晚饭后稍稍走一走。我走过里昂信贷银行,维维埃内街①,然后又走了几条街。我突然看到一家上了五成客的大啤酒馆。我走了进去,完全是无缘无故的。我并不渴。

我扫了一眼,寻找一个坐在那里不会太挤的地方。我走到一位先生旁边坐下,这人看来已经上了年纪,吸着一个只值两个苏、黑得像煤炭似的陶质烟斗。七八个啤酒杯垫子在他面前的桌子上摞成一摞,显示着他喝过的啤酒的杯数。我并没有细瞧我的这位邻座。但我一眼就看出这是个啤酒鬼,一个早上开门便到、晚上打烊才走的啤酒馆的常客。他很脏,头顶中心光秃,油腻的花白长发一直披到常礼服的领子上。他的衣服很肥,好像是在他大腹便便的时候做的。可以想象他的裤子根本巴不住腰,走不了十步就得再紧一紧,才能勒得住。他穿坎肩了吗?一想到那双高帮皮鞋和鞋里包着的东西就让我感到恐怖。磨破的衬衫袖口和指甲一样,边上都是黑的。

---

① 维维埃内街:在巴黎第二区,塞纳河右岸。

我刚在他旁边坐下,这个人就用平静的语气对我说:"你好吗?"

我吃了一惊,向他转过身去,盯着他的脸。他接着说:"你不认识我了吗?"

"不认识!"

"德·巴雷。"

我大吃一惊。他居然是让·德·巴雷伯爵,我初中时的老同学。

我跟他握手。我诧异得不知说什么好。

终于,我结结巴巴地说:"你呢,你好吗?"

他平心静气地说:"我嘛,就这样呗。"

他沉默不语了。我想显得亲切些,找了一句话说:"那……你在做什么?"

他用无所谓的语气说:"你都看见了。"

我觉得自己都脸红了。我追问:"天天如此吗?"

他吐出一口浓浓的烟雾,说:"天天如此。"

然后,他用一个苏的硬币慢慢敲了几下大理石桌面,喊了一声:"伙计,来两杯啤酒!"

远远的一个声音重复道:"四号桌两杯啤酒!"另一个声

音从更远的地方尖声说了句:"来啦!"接着,一个戴白围裙的人,手里托着两大杯啤酒跑过来,黄色的啤酒滴洒在花岗石纹的地面上。

德·巴雷把他那杯啤酒一饮而尽,把酒杯放到桌子上,一面吸着沾在唇髭上的酒沫。

然后他问:"有什么新闻吗?"

说实在的,我真不知道有什么新闻可以告诉他。我结结巴巴地说:"什么新闻也没有,老朋友。我呀,我是商人。"

他用他那一成不变的语调说:"噢……你喜欢做生意?"

"那倒也不。可是有什么办法呢?总得做点什么呀!"

"为什么?"

"为了……不让自己闲着。"

"那又何苦呢?看我,就像你看见的,我什么也不做,从来都什么也不做。一个人没有钱,他工作,我理解。一个人有什么能维持生活,就用不着了。工作有什么用呢?你是为自己,还是为别人工作?如果是为了自己,那就是说这让你喜欢,那敢情好;如果是为了别人工作,你就是个傻瓜。"

他把烟斗搁在大理石桌面上,又喊道:"伙计,来一杯啤酒!"然后接着说,"一说话我就口渴。我没有说话的习惯。是的,我,我什么也不做,我得过且过,我老了。可我死的时候不会有任何遗憾。除了这家啤酒馆,我没有任何其他的东西可以怀念。没有老婆,没有孩子,没有烦恼,没有悲伤,什么都没有。这更好。"

他把刚端给他的一杯啤酒一口气喝干,用舌头舔了舔嘴唇,又拿起烟斗。

我大惑不解地看着他,问他:

"可是你以前并不总是这样吧?"

"对不起,一直是这样,从初中的时候起。"

"这,这可不能算一种生活呀,老朋友。真可怕。我说,你总该做点什么,喜欢点什么,有几个朋友吧。"

"不,我中午起床。我来到这儿,吃午饭,喝几杯啤酒。我等着天黑,吃晚饭,喝几杯啤酒。然后,大约凌晨一点半,我回去睡觉,因为人家要关门。这是最让我头疼的事。十年来,我有六年是在这个角落的这个座位上度过的;其他时间我都在我的床上;我从来不到别处去。我只偶尔跟几个常客聊几句。"

"当年来到巴黎,你最初做什么?"

"我学法律……在梅第奇咖啡馆①里泡。"

"后来呢?"

"后来……我就过了河,来到这里。"②

"你为什么费这个事?"

"有什么办法? 总不能一辈子都待在拉丁区③。大学生们太吵闹。现在,我不会再挪窝了。伙计,来一杯啤酒!"

我认为他在糊弄我。我坚持问:

"好啦,坦率点。你一定有过什么非常伤心的事吧? 也许是一次让你绝望的失恋? 反正可以肯定,你受到过不幸

---

① 梅第奇咖啡馆:巴黎第六区卢森堡公园附近的一家咖啡馆,在塞纳河左岸俗称的拉丁区内。梅第奇家族(意大利文 Medici,音译梅第奇;法文 Médicis,音译梅第奇斯)是十五世纪初期意大利文艺复兴时代发迹于佛罗伦萨的一个大家族,在三个多世纪中具有广泛影响,曾产生三个教皇和两个法国王后。
② 指德·巴雷从巴黎塞纳河左岸的拉丁区转移到了塞纳河右岸。
③ 拉丁区:巴黎塞纳河左岸的一个高等学府众多、学生学者集中的地区。

的事的打击。你今年多大了？"

"三十三岁。不过看起来至少有四十五岁。"

我仔细打量他。他脸上的皮肤皱巴巴的，保养得很差，几乎像个老头的脸。脑袋顶上有几根长头发在不干净的头皮上飘动。眉毛奇粗，唇髭大，胡子浓密。不知道为什么，我眼前突然浮现出一个脸盆，装满了黑乎乎的水，洗他这些毛发剩下的水。

我对他说："的确，你看起来比你的实际年龄老多了。你肯定遇到过一些伤心的事。"

他否认道："我向你保证没有。我显得老，因为我从来不呼吸新鲜空气。再也没有比酒吧里的生活更伤身体的了。"

我无法相信他的话："你一定放荡过吧？若不是过度纵欲，决不会秃成你这个样子。"

他平静地摇着脑袋，白色的碎屑从他残留的长头发里散落到他的背上。"不，我一直是规规矩矩的。"他抬头看着把我们脑袋照得暖烘烘的枝形吊灯，"我秃顶，要怪这煤气。它是头发的敌人。——伙计，来一杯啤酒！——你不渴吗？"

"不渴，谢谢。不过真的，我对你倒是产生了兴趣。你从什么时候起这样意志消沉的呢？这不正常，这不自然。

其中必定有什么隐情。"

"是的,那还是我童年的事。我小时候受过一次打击,它让我一下子悲观厌世起来,至死也不会变了。"

"究竟是什么事呢?"

"你真想知道?那就听我说。"

你一定还记得我在那里长大的那座古堡,因为你在假期里去过五六次。你一定还记得那个坐落在一个大花园中的灰色的大房子,那几条向四面伸展开的长长的橡树的林荫路吧!你一定也记得我的父亲和母亲,他们俩都那么讲究礼节,举止庄重,态度严肃。

我爱我的母亲,怕我的父亲。但我对他们两个人都很尊敬;再说我也看惯了大家都对他们哈腰鞠躬的样子。在当地,人们称他们伯爵先生和伯爵夫人;我们的邻居,塔纳玛尔一家,拉沃莱一家,布莱纳维尔一家,对我父母更是表现出高度的敬意。

我那时十三岁。我乐陶陶,觉得一切都十全十美,在这个年龄就是这样,对生活充满了幸福感。

然而,九月末,开学前不久的一天,我在大花园的

树丛里装大灰狼玩，在树枝树叶间奔跑，穿过一条林荫路的时候，远远看见爸爸和妈妈在散步。

我还记得当时的情景，就像发生在昨天一样。那一天刮大风。被狂风吹弯了腰的成排的大树呻吟着，就像在发出阵阵呼号，森林在暴风雨中发出的那种低沉、喑哑的呼号。

已经发黄的树叶被大风吹落，像鸟儿一样飞舞着，回旋着，纷纷落到地上，然后沿着林荫路推移，仿佛疾驰的走兽。

夜晚正在来临。矮树丛里很暗。大风和树枝狂飞乱

舞令我异常兴奋，我像发了疯似的奔跑着，模仿着狼叫。

我一看见父母，就隐藏在树枝下面，蹑手蹑脚地向他们走过去，想吓唬他们一下，就好像我真是个伺机伤人的灰狼一样。

但是，走到离他们几步远的时候，我站住了，感到一阵突如其来的恐惧。因为我的父亲火冒三丈，正在怒吼：

"你母亲是个笨蛋；再说这件事也与她无关，只要你同意就行了。我再说一遍，我需要这笔钱，我非要你签字不可。"

母亲语气坚决地回答：

"我决不签字。这笔钱是让的财产。我要把这笔财产留给他，我可不愿意让你和你的那些婊子、女佣把它挥霍掉，就像你挥霍掉自己那份遗产一样。"

听到这话，爸爸气得发抖，转过身去，揪住妻子的脖子，用另一只手对准她的脸就使劲抽打。

妈妈的帽子被打掉，头发的卷儿松开，披散下来；她试图抵挡爸爸打来的拳头，可是办不到。爸爸呢，像发了疯似的，仍然打呀打。她在地上打滚，把脸躲在两只胳膊下面。然而他把她翻个仰面朝天，拨开她两只护着脸的手，继续打。

而我呢，朋友，我好像觉得世界末日正在来临，永恒的法则已经改变。我感到的震惊，是人们面临超自然的事物、面临巨大的劫难、面临不可弥补的灾祸时才会有的。我的孩子的头脑迷乱了，疯狂了。我使出全部的力气叫喊，也不知道为什么，只是感到一种恐怖、痛苦、可怕的惊慌。父亲听见我的喊叫声，转过身来，看到我，于是直起身，向我走过来。我想他一定是来杀我的，便像一头被追杀的动物似的逃跑，一直向前，跑进了树林。

我跑了一个小时，也许两个小时，我也说不清。黑夜降临了，我倒在草地上，便六神无主地躺在那里，经受着恐惧的折磨、忧伤的吞噬，这忧伤足以把一颗可怜的幼小心灵撕个粉碎，永远也没法弥合。我感到冷，也许还感到饿。天亮了。我不敢起来，也不敢走动；不敢回家，也不敢再逃，生怕遇到我再也不愿看的父亲。

要不是看守发现了我，硬把我带回家，我也许就在那棵树下被痛苦和饥饿折磨死了。

可是我发现父母的表情还和平常一样。母亲只是对我说："你真把我吓坏了，你这个淘气的孩子，我一夜都没有睡。"我没有回答，但是我哭了起来。而父亲一言未发。

一星期以后，我就开学了。

唉，朋友，对我来说一切都完了。我看到了事物的另一面，坏的一面；从那一天起，我再也没有看到过好的一面。在我的头脑里发生了什么呢？是什么奇怪的现象扭转了我的思想呢？我不知道。不过我对什么都不再有兴趣，对什么都不再羡慕，什么人都不爱了，我再也没有任何企求、抱负和希望。我总是隐隐约约看到可怜的母亲倒在林荫路的地上，父亲在痛打她。——妈妈几年后就死了。父亲还活着，不过我再也没有见过他。——伙计，来一杯啤酒！……

啤酒端来了，他一口气喝光。但是，当他再拿起烟斗时，因为手抖得厉害，把烟斗折断了。他做出一个绝望的表情，说："喏！这才是一件真正的伤心事。我要花一个月的工夫才能让一支新烟斗积满烟垢。"

大厅里现在已经烟雾缭绕，坐满了喝啤酒的人。他隔着大厅发出他那永远不变的喊声："伙计，来一杯啤酒！再加一支新烟斗！"

洗礼 *

* 本篇首次发表于一八八四年一月十四日出版的《高卢人报》;同年首次收入维克多·阿瓦尔出版社出版的莫泊桑小说集《密斯哈丽特》。

献给吉勒梅①

几个穿着节日服装的男人在农庄的大门前等着。五月的太阳把它灿烂的光辉洒在苹果树上；开着花的圆蓬蓬的苹果树，像一个个巨大的花束，有白的，有粉红的，香味扑鼻，在整个庄院上搭起一个偌大的花棚。苹果树在四周徐徐撒下的雪片似的花瓣，飞舞着，旋转着，落进深深的草丛。草丛里，蒲公英像闪耀的火焰，丽春花如点点血滴。

一只母猪，肚子硕大，乳房饱满，在肥堆边打着盹；一群小猪，尾巴像绳头一样卷曲着，围着它转来转去。

突然，在一座座庄院的大树后面，响起教堂叮当的钟声，金属的铿锵向愉快的天空传送着遥远而又微弱的召唤。燕子

---

① 吉勒梅：全名让－巴蒂斯特－安托万·吉勒梅（1843—1918），法国巴比松画派的风景画家，写实派画家，珂罗和马奈的门徒，又被视为塞尚的老师，主要作品有油画《十二月的贝尔西》《维莱尔海滩》等。

像飞箭一般在纹丝不动的山毛榉圈着的蓝天里穿梭。牲口圈的气味不时地夹在苹果树柔和香甜的气息中掠过。

大门前站着的男人当中，有一个人转过身朝房舍那边叫喊：

"快一点，快一点，梅丽娜，敲钟了！"

他三十岁上下，是个身材魁梧的农民，长年田间劳动还没有累弯他的腰，也没有改变他的体形。一个老人，他的父亲，身子像橡树干似的疙疙瘩瘩，手腕也变形了，两腿歪扭，宣称：

"女人们呀，从来都不会先准备好。"

老人的另外两个儿子笑了，其中的一个对刚才叫喊的大哥说：

"波利特，你去催催她们。不然，她们到中午也出不来。"

那个年轻人便走进他家的房子。

停在这几个农民附近的一群鸭子，扑打着翅膀叫起来，然后迈着缓慢的步子，一摇一晃地向水塘走去。

这时候，一个胖女人，怀里抱着两个月大的婴儿，从开着的门里走出来。她的高筒软帽的白飘带垂在背后，搭在一件火一般耀眼的红披肩上；白色褓褓裹着的婴儿，睡在这个保姆的隆起的大肚子上。

接着出来的是孩子的母亲，一个高大壮实的女子。她只有十八岁，长得挺水灵，满脸笑容，挽着丈夫的胳膊。再后面是奶奶和外婆，像两个搁久了的苹果一样憔悴，长年艰苦劳累压弯和扭曲的腰杆露出明显的疲态。其中的一个是寡妇，挽起在门前等候的孩子爷爷的胳膊，他们就紧跟在孩子和保姆后面，领着这一行人出发了。其余的亲属也跟着上路。几个最年轻的，拎着装满糖果的纸袋。

远处，那口小钟还在不停地响着，使出全部力气召唤着等候着的娇嫩的婴儿。孩子们爬上沟沿；大人们站在栅栏门后面；女雇工们停在搁在地上的满满两桶牛奶中间，男女老少都在观赏这参加洗礼的阵仗。

保姆扬眉吐气地抱着那个小生命，躲闪着两面树坡间的路面上的水洼。老人们态度隆重地走着，不过由于年迈和病痛而步履蹒跚。年轻人一心盼着跳舞，直勾勾地盯着来看他们经过的姑娘。婴儿的父母却比较严肃，郑重地跟随着这个将要在生活里取代他们、在村子里延续他们的姓氏的孩子。当蒂这个姓在本乡还是很有声望的。

来到开阔的平川，为了避免绕一条很长的弯路，他们斜穿过田野。

现在，教堂和它的尖顶钟楼已经远远在望。紧挨着青石板房顶的下面，从一个窗口可以望穿钟楼；里面有个什么东西在强劲地往返运动，在狭窄的窗户后面摆过来摆过去，那是钟在不停地敲，召唤新生儿快来，第一次到慈悲上帝之家来。

一条狗也跟着人群走。有人扔给它几粒糖果，它就围着人群欢蹦乱跳。

教堂的门敞开着。教士，一个高个儿年轻人，棕红色的头发，瘦而强健，也是当蒂家的一员，婴儿的叔叔，婴儿父亲的另一个弟弟，正在祭坛前等着。他按照礼仪给侄子普罗斯佩-塞萨尔行洗礼。孩子尝到象征性的盐，哭了起来。

仪式结束了，本堂神父去脱法衣，全家人在教堂门前等他；然后他们就一起上路。他们现在走得很快，

因为心里都惦记着那顿饭。当地的孩子全都跟在后面，每次扔给他们一把糖果，就引起一场疯狂的混战，又是肉搏，又是揪头发。连那条狗也扑到人堆里捡甜食，人们拽它的尾巴，揪它的耳朵，拉它的爪子，都无济于事，它比顽童还犟。

保姆有点累了，对走在她旁边的本堂神父说：

"神父先生，您能不能抱一会儿您的侄子，让我松快松快？我有点胃痛。"

教士把孩子接过来。孩子的白衣裳在他的黑袍上形成一个耀眼的大斑块。他亲了他一下。孩子虽然很轻，却弄得他很狼狈，不知道该怎么抱，怎么放。大家都笑起来。奶奶和外婆中的一个远远地问：

"神父，你说，你永远不会有这么一个小东西，这不让你伤心吗？"

教士没有回答。他迈着大步走着，目不转睛地看着蓝眼睛的婴儿，真想再亲一下他那圆乎乎的脸蛋儿。他实在忍不住了，便把婴儿举起来，凑近自己的脸，给了他一个长长的吻。

孩子的父亲大声说：

"你就说吧，神父，你要是想要一个，只管说。"

人们便开起玩笑来；庄稼人就是喜欢开玩笑。

一坐上饭桌,乡下人粗俗不堪的玩笑便像暴风雨一样发作了。另外两个儿子也快结婚了,他们的未婚妻也在场,是特地被请来吃这顿饭的,客人们便喋喋不休地说起影射他们将来结婚生孩子、一代生一代的笑话来。

说的尽是些粗话,非常猥亵,脸羞得通红的姑娘们只能咻咻地傻笑,而男人们却笑得前仰后合。他们用拳头捶着桌子,大声喊叫。父亲和爷爷没完没了地说着下流话。孩子的母亲只是微笑;年长的妇女们却凑热闹,说了不少轻佻话。

神父已经习惯了乡下人这种放纵的场面,他一直平静地坐在保姆旁边,用手指头撩拨着侄子的小嘴,引他笑。他凝视着这个孩子,似乎感到很惊奇,好像他从来没有看见过孩子。他一边凝神端详着,一边若有所思,带着心事重重的严肃的表情,怀着对这个脆弱的小生灵,他哥哥的儿子,发自心底的柔情,一种从未有过的、奇特的、强烈而又有点伤感的柔情。

他什么也听不见,什么也看不见,只一心端详着孩子。他很想再把孩子接过来,放到自己的膝头,因为他的胸口,他的心上,还保留着刚才从教堂来的时候抱他的甜蜜感觉。面对这人类的幼芽,他激动不已,就好像面对一个他从未想过的不可言喻的神秘,一个庄严而又圣洁的神秘,一个新的灵魂的化身、开始的生命、觉醒的爱、不断延续的种族、永远前进的人类的伟大神秘。

保姆一个劲地吃着东西,吃得脸通红,眼睛发亮,不过孩子在她和桌子之间,挺碍她的事。

神父对她说:

"把孩子给我吧。我不饿。"

他又把孩子接过来。于是,对他来说,周围的一切都消失了,一切都不复存在;他目不转睛地久久看着这张通红的小胖脸;渐渐地,小身体的温暖透过襁褓和教士的呢袍传到他的腿上,就像一种很轻柔、很舒适、很圣洁的爱抚,一种令他热泪盈眶的甜美的爱抚,沁入他的全身。

吃饭的人们喧闹得越发厉害。孩子被吵嚷声吓得哭起来。

一个人高喊:

"喂,神父,快喂他吃奶。"

顿时爆发出一阵哄堂大笑。可是孩子的母亲站起来,抱起自己的儿子到隔壁房间去了。几分钟以后,她回来了,说孩子已经在摇篮里安稳地睡着了。

午饭在继续。男的女的都不时地离开饭桌,到院子里去一趟,然后回来接着吃。肉、蔬菜、苹果酒、葡萄酒进到嘴里,咽下去,撑大了肚子,点亮了眼睛,让脑袋也发了狂。

喝咖啡的时候,天开始黑了。教士早就不见了;谁也没有注意到他不在。

最后,年轻的母亲站起来,去看孩子是不是还在睡。这时天已经很黑,她摸索着走进那个房间;她伸着两条胳膊往前走,防着碰到家具。但是一个奇怪的声音让她突然停下来;她神色慌张地又出来。她肯定听到了有人在动。她回到饭厅,脸色煞白,打着哆嗦,把遇到的情况说了一遍。男人们霍地全都站起来,醉醺醺的,满脸凶相;孩子的父亲拿着一盏灯,冲在前面。

原来是神父跪在摇篮旁边,把头俯在孩子的枕头上,正在低声哭泣。

遗憾 *

* 本篇首次发表于一八八三年十一月四日的《高卢人报》；一八八四年首次收入维克多·阿瓦尔出版社出版的莫泊桑小说集《密斯哈丽特》。

献给莱昂·迪尔克斯[①]

萨瓦尔先生,在芒特[②]人们都叫他"萨瓦尔老伯"。他刚起床。天正下着雨。这是个凄苦的秋日,落叶纷纷,在雨中缓缓飘落,仿佛下着另一场更浓厚更缓慢的雨。萨瓦尔先生闷闷不乐。他从壁炉边走到窗口,又从窗口走到壁炉边。生活里会有些阴郁的日子。现在对他来说,除了阴郁的日子,他再也不会有别的了,因为他已经六十二岁!他孤单一人,是个老光棍,举目无亲。孑然一身,没有一个忠心疼爱你的人,就这么死掉实在是太惨了!

[①] 莱昂·迪尔克斯(1838—1912):法国帕尔纳斯派诗人,画家。一八九八年当选"诗歌之王"。他和莫泊桑都曾为《幻想主义者杂志》撰稿,因而相识。
[②] 芒特:今全称芒特-拉若丽,巴黎西面塞纳河畔的一座古城,今属法兰西岛大区伊夫林省。

他想到自己的生活是多么乏味，多么空虚。他想起遥远的过去，自己的童年时代，家，父母都在的家；继而是上中学，毕业离家，在巴黎学习法律的那段时光；后来是父亲生病，去世。

他回家和母亲一起住。年轻人和年迈的母亲相依为命，安安静静，别无所求。可是她也死了。生活，多么可悲哟！

自那以后他就孤身一人。现在轮到他，他很快也要死了。他不在了，一切也就结束了。这世上就再也没有保尔·萨瓦尔先生了。多么可怕的事情啊！其他人将继续生活、相爱、欢笑。是的，人们继续玩乐；而他，不再存在！明知死亡迟早肯定要到来，却能够笑得出，乐得起来，欢天喜地，真是怪事。如果这死亡仅仅是可能到来，还可以抱有希望；但是不，它是不可避免的，就像白日过后就是黑夜一样不可避免。

如果他过去的生活很充实也好！如果他做过一点什么事：比如经历过什么奇遇，享过什么大福，有过什么成就，获得过不管什么样的满足，也罢！可是不，他毫无作为。他什么也没有做过，除了每日在同样的时间起床、吃饭、睡觉。就这样，他活到了六十二岁。他没有像别人那样结过婚。为什么？是啊，他为什么没有结婚呢？他本来是可以结婚的，因为他还是有点钱的。是没有机会吗？也许吧！不过机会也是人创造出来的！而他却漫不经心，就是这么回事。漫不经心是他的大毛病，他的缺点，他的缺陷。有多少人都是由于漫不经心而生活失败。对于很多生性如此的人，起床、活动、做事、说话、研究问题，就是那么困难。

他甚至没有被爱过。从来没有一个女人情意绵绵、身心皆醉地睡在他的胸脯上。他没有体验过等待的甜蜜的烦恼、紧握双手的神圣的战栗、浪得佳人的胜利的狂喜。

当两个人的嘴唇第一次相遇，当四只臂膀、两个彼此狂恋的人紧紧相拥，合成一体，合成一个无比欢乐的存在，您的内心该充满何等超人的幸福啊！

身穿便袍的萨瓦尔先生坐下来，两只脚冲着炉火。

毫无疑问，他的生活很失败，完全失败。不过，他，还是爱过的。他暗暗地、苦苦地，而又像他做一切事情一样，缺乏激情地爱过。是的，他爱过他的老女友桑德尔太太，他的老朋友桑德尔的妻子。啊！要是他在她还是个青春少女的时候认识她该多好！可是他认识她太晚了；她那时已经结婚了。否则，如果她还是个姑娘，他一定会向她求婚的。从

第一天起,他就那么爱她,没有间断过。

他想起每次见到她时的激动,离开她时的惆怅,因为想她而无法入眠的长夜。

可是早晨醒来,他的迷恋总是又比前晚减少几分。为什么呢?

从前,她多么美,多么娇艳啊!一头金黄的鬈发,脸上笑盈盈的!桑德尔可配不上她。现在,她五十八岁了。她好像很幸福。啊!如果从前她爱他,该多好!如果从前她爱他!为什么那时候她不爱他,不爱他萨瓦尔呢,既然他很爱她,桑德尔太太?

哪怕她只是猜到了一点呢……难道她一点也没猜到?难道她一点也没看出来?从来就没意识到?如果他说出来,她会怎么想,怎么回答呢?

萨瓦尔先生还向自己提了许许多多其他的问题。他回顾自己的生活,竭力抓住一个又一个细节。

他回想起在桑德尔家玩艾卡特①度过的每一个夜晚,那时他的妻子年轻而又那么可爱。

他想起她对他说过的一些话,她从前的抑扬悦耳的语调,她的蕴含着那么多思想的淡淡的无声的微笑。

他想起星期日他们三个人沿塞纳河边漫步,在草地上午餐,因为桑德尔是专区政府的职员。突然,他清楚地记起和她在河边的一个小树林里度过的一个下午。

---

① 艾卡特:一种两个人玩的纸牌游戏。

他们一早就出发了,带着几盒食物。那是一个晴朗的春日,一个令人陶醉的日子。万物都散发出芳香,一切都好像幸福满满。鸟儿唱得更欢,翅膀也扇动得更快。他们紧挨着被阳光晒得懒洋洋的河水,在柳树荫下的草地上午餐。空气温馨,洋溢着植物汁液的芳香;他们尽情地呼吸着,无比恬适。那一天,天气是多么晴朗啊!

吃完午饭,桑德尔仰卧在草地上睡着了。"这是我一生中最香甜的一觉。"他醒来后说。

桑德尔太太挽起萨瓦尔的胳膊,他们沿着河向前走。

她依偎着他。她笑着说:"我醉了,我的朋友,我完全醉了。"他看着她,浑身一阵战栗,直到心田,感觉自己脸色苍白,生怕自己的目光太大胆了,生怕自己手的颤抖会透露出自己的秘密。

她用长长的草和睡莲为自己编了一个花环,问他:"我这样,您喜欢吗?"

见他闷声不答——因为他不知道怎么回答才好,他宁肯跪下来——她笑了,不过那是不高兴的笑;一边冲着他的脸嚷道:"大傻瓜! 您至少说点什么呀!"

他还是找不到一句话,急得差点儿哭出来。

这一切现在又回到他的脑海,像当初一样清晰。为什么她对他说这个话:"大傻瓜!您至少说点什么呀!"

他还想起她是多么温柔地依偎着他。走过一棵倾斜的树下时,他感到她的耳朵挨到他的面颊,于是他突然后退一步,生怕她以为这是他故意碰她。

当他说:"是不是该回去了?"她向他投来惊异的目光。毫无疑问,她看他的表情很特别。不过当时他并没有往这儿想;可他现在想起来了!

"随您的便,我的朋友。如果您累了,咱们就回去吧。"

而他回答:

"不是我累了;只是桑德尔现在也许醒了吧。"

她耸了耸肩,说:

"如果您是怕我丈夫醒了,那就是另一回事了;咱们回去吧!"

往回走的时候,她一直沉默不语;而且她也不再挽着他的胳膊了。为什么呢?

这个"为什么",他还从未向自己提出过。现在,他好像觉察出什么以前不懂的东西了。

莫非……?

萨瓦尔先生脸红了,他心绪翻腾,站起来,就像年轻了三十岁,听到桑德尔太太对他说:"我爱您!"

怎么可能呢?这刚刚进入他脑海里的疑问折磨着他。怎么可能他没看出来,也没猜出来呢?

啊,如果这是真的,如果他和这幸福擦身而过却没有抓住呢?

他对自己说:我要弄清楚。我不能总带着这个疑问。我要弄清楚!

他迅速更衣,把自己穿戴起来。他想:"我六十二岁了,她五十八岁了;我完全可以问问她这件事。"

然后他就走出家门。

桑德尔家在街的另一侧,几乎就和他家门对门。他径直走过去。小女佣听到门锤声,走来给他开门。

见他这么早登门,她十分惊奇。

"您这么早来,萨瓦尔先生,是不是发生了什么事情?"

萨瓦尔回答:

"没有,姑娘,不过快去告诉你的女主人,我要立刻跟她说话。"

"太太在做过冬吃的梨子酱;她正在灶边;她还没有换衣

服，您明白吗？"

"明白；不过你去跟她说有一件很重要的事。"

小女佣去了。萨瓦尔开始在客厅里激动地大步踱来踱去。不过他并不觉得尴尬。噢！他要立刻问问她这件事，就像要问问她一个烹调的方法。因为他已经六十二岁了！

门开了；桑德尔太太走进来。她现在已经是个腰圆臀肥的胖女人，面颊鼓鼓的，笑声洪亮。她走过来，两手离身子老远，袖子卷得高高的，裸露的胳膊粘着糖汁。她惴惴不安地问：

"您怎么啦，我的朋友；您不是病了吧？"

他回答：

"不是,亲爱的朋友,不过我要问您一件事,这件事对我来说很重要,而且在折磨着我的心。您能答应我,坦率地回答我的问题吗?"

她微微一笑:

"我从来都很坦率。您说吧。"

"那就好。我自从见到您那一天起就爱上您了。您猜到过吗?"

她还多少带着点儿从前的语调,笑着回答:

"大傻瓜! 我从第一天起就看出来了!"

萨瓦尔战栗起来;他结结巴巴地说:

"您那时就知道?……那么……"

他说不下去了。

她问:

"那么?……那么什么?"

他接着说:

"那么……您是怎么想的?……怎么……怎么……您会怎么回答呢?"

她笑得更厉害了。几滴糖浆从她的手指流下来,落在地板上。

"我？……您什么也没问过我呀。总不该让我向您求爱吧！"

他向她走近一步：

"告诉我……告诉我……您还记得那一天，桑德尔吃过午饭在草地上睡着了……我们一块儿，一直走到拐弯的地方……"

他等待着。她已经不笑了，盯着他看：

"当然喽，我记得。"

他磕磕巴巴地继续说：

"好吧……那一天……如果我……如果我……大胆些……您会怎么做？"

她像个对什么都不后悔的幸福的女人一样，微微一笑，用略带嘲讽的清脆的声音坦率地回答：

"我会顺从，我的朋友。"

说罢，她就转身跑去做她的果酱了。

萨瓦尔出了门走到街上，就像遭到一场灾难似的，垂头丧气。他冒着雨，迈着大步，一直往前，往河边的方向走去，也没想着去哪儿。当他走到河边，就向右拐，沿河而行。他走了很久很久，就好像有一种本能推动着他。他的衣服被雨水淋得湿漉漉的,帽子也变形了,软得像一块破布,像屋顶一样往下流水。他走呀,一直往前走。他走到那个遥远的日子他们共进午餐的地方,记忆让他心如刀割。

他在光秃秃的树底下坐下,抱头痛哭。

我的叔叔于勒 *

* 本篇首次发表于一八八三年八月七日的《高卢人报》；一八八四年首次收入维克多·阿瓦尔出版社出版的莫泊桑小说集《密斯哈丽特》。

献给阿希尔·贝努维尔①先生

一个白胡子的穷老头儿向我们乞讨。我的同伴约瑟夫·达弗朗什居然给了他一百苏。我感到有些奇怪。他于是对我说:

这个悲惨的人让我想起了一件往事,这件往事的记忆一直让我念念不忘。我这就讲给你听。事情是这样的:

> 我家原籍在勒阿弗尔②,并不富裕。日子还过得去,如此而已。我的父亲终日工作,很晚才从办公室回家,挣的钱却不多。我有两个姐姐。
>
> 我的母亲因为家里生活拮据而非常痛苦,她经常找

---

① 阿希尔·贝努维尔(1815—1891):法国风景画家。
② 勒阿弗尔:法国西北部城市,濒临拉芒什海峡,地处塞纳河出海口,法国第二大港口。今属诺曼底大区滨海塞纳省。

些尖酸刻薄的话，指桑骂槐、狠声恶气地责怪自己的丈夫。那可怜的人这时便做出一个手势，让我看了心酸。他张开手抹一下额头，仿佛要擦掉其实并不存在的汗珠，却什么也不回答。我感觉得到他那无奈的痛苦。我们凡事都节省；从来不接受邀请去吃晚宴，免得还要回请；买生活必需品总是等降价，或者买店家剩余的货底。姐姐们都是自己做连衣裙，买十五生丁一米的饰带也要长时间地讨价还价。

我们平日吃的总是只带点儿荤腥的浓汤和搭配上各种作料烧的牛肉。据说这既卫生又有营养；不过我更希望能吃点别的。

如果我丢了纽扣或者弄破了裤子，就会劈头盖脸挨一顿臭骂。

不过每个星

期日我们都要穿着盛装去海堤上兜一圈。父亲穿着礼服，戴着大礼帽，戴着手套，伸出胳膊让母亲挽着。母亲则浓妆艳抹，犹如节日里彩旗招展的轮船。姐姐们总是最先打扮停当，只待下达出发令；可在最后一刻，总是在一家之长的父亲的礼服上发现一个没留意的污渍，只得赶紧找来一个布头蘸了汽油把它擦掉。

于是父亲头上仍然顶着大礼帽，脱下外衣，露出坎肩和衬衫，等候操作完毕；而母亲架好近视眼镜，摘下手套，免得弄脏，忙得不可开交。

全家人隆重上路了。姐姐们臂挽着臂走在前面。她们都已经到了出嫁的年龄，所以父母常带她们在城里露

露脸。我走在母亲左边,父亲在她右边。我至今还记得我可怜的双亲每星期日散步时那虚张声势的神态、僵硬的姿势和庄严的举止。他们迈着郑重的步子向前走,腰杆挺直,两条腿硬邦邦的,似乎一桩极其重要的事情就取决于他们的举手投足。

而且每个星期日,看到从遥远的未知国度开来的大船进港,父亲总要一字不变地重复同样的话:

"啊!要是于勒在这条船上,那该多么叫人惊喜呀!"

于勒叔叔,我父亲的弟弟,现在是全家唯一的希望了,而他以前却是全家的祸害。我从孩提时起就常听家里人谈论他,在想象里我对他已经那么熟悉,仿佛一眼就认得出他。我对他去美洲以前的生活了如指掌,尽管大家谈起他那一个阶段的事都压低了嗓门。

据说他有过一段劣迹,或者说他挥霍过一些钱,对贫穷人家来说这可是罪莫大焉。有钱的家庭如果有个人爱吃喝玩乐,那是"做傻事",人们叫他一声"浪荡子",一笑了之。但是在一个捉襟见肘的家庭,一个大小伙子还要迫使父母动那点家底儿,那就成了败类、无赖、坏蛋!

虽然是同样的情况,这种大相径庭的待遇却是恰如其分的,因为只有造成的后果才能决定行为的严重程度。

总之,于勒叔叔不但把他自己应得的那一份遗产挥霍一空,还大大减少了我父亲指望得到的那一份。

按照那个年头时兴的做法,家里人就把他送上一条由勒阿弗尔驶往纽约的商船,去了美洲。①

一到那边,我的于勒叔叔就做起不知什么买卖,而且不久就写信来,说他赚了一点钱,希望能够赔偿他给我父亲造成的损失。这封信在我家引起极大的震动。于勒,大家都说狗屎不如的于勒,一下子变成了一个诚实的人,有良心的男子汉,达弗朗什家的好子弟,就像所有达弗朗什家的人一样堂堂正正。

又有一位船长告诉我们,他租了一个大铺面,生意做得很大。

两年以后他在第二封来信中说:"我亲爱的菲利普,我给你写这封信,免得你挂念我的健康。我身体很好。生意也很顺利。我明天就动身去南美洲做一次漫长的旅

---

① 据统计,十九世纪下半叶,有两千二百万移民在美国登陆,其中大部分来自欧洲;他们起初靠做小生意发了点财,但不久美国经济大萧条,其中很多人被迫迁徙至南美,甚至回流欧洲。

行。也许会有好几年没法跟你通音信。如果我不给你写信，请不要担心。我发了财就立刻回勒阿弗尔来。我希望这不会为期太远，那时我们就可以在一起过幸福的日子了……"

这封信成了全家的福音书。一有机会就朗读一遍，逢人就拿出来炫耀一番。

果然，于勒叔叔十年都没有再来过信；但是我父亲的希望却与时俱增；我母亲也经常说：

"等好心的于勒回来，我们家的情况就不一样啦。他可是个解决难题的能人！"

所以每个星期日，看到黑魆

魈的大轮船吐着蜿蜒似蛇的黑烟从天际驶来,我父亲总会重复他那句永恒不变的话:

"啊!要是于勒在这条船上,那该多么让人惊喜呀!"

人们甚至以为马上就要看到他挥动着手帕呼唤着:

"喂!菲利普!"

于勒衣锦还乡是肯定无疑的了,人们早就在这个基础上构想出千百种计划;甚至还预定用叔叔的钱,在安古维尔①附近购置一座乡间别墅。我父亲是否已经开始就这件事进行洽谈,我还真说不准。

我的大姐那年二十八岁,二姐二十六岁。她们迟迟没有出嫁,全家人都为此发愁。

终于有一个人上门向我二姐求婚了。那是个职员,虽然不富有,但还算体面。我一直认为,正是因为有一天晚上给他看了于勒叔叔的信,这个年轻人才不再迟疑,下定了决心。

家里人忙不迭地接受了他的请求,并且决定办完婚

---

① 安古维尔:原为勒阿弗尔郊区的独立市镇,一八五三年纳入市区。

礼全家去泽西岛①小游一次。

对穷人家来说,泽西岛是最理想的旅游去处了。路不远,乘小轮船过了海,就身在外国土地上了,既然这个小岛属于英国。也就是说,一个法国人,只需两个小时的航程,就可以亲临实地观看一个相邻的民族,研究这个大不列颠国旗覆盖下的小岛的风俗;尽管有些说话直截了当的人说那里的风俗坏透了。

这泽西岛之旅成了我们念念不忘的事,我们唯一的期待,时刻萦绕着我们的梦想。

我们终于出发了。我回想起那情景就像发生在昨天一样历历在目:点火待发的轮船停靠在格朗维尔②码头;父亲紧紧张张地监督着我们的三件行李搬上船;母亲放心不下,伸手挽住我那个还没出嫁的姐姐,因为自从另一个姐姐嫁出去以后,她就像那一窝里仅剩的一只小鸡,掉了魂儿似的;我们后面是那对新婚夫妇,他们总落在后面,害得我们老要回过头去看看。

① 泽西岛:距法国西海岸约二十公里的英属岛屿,旅游胜地。
② 格朗维尔:法国市镇,濒临拉芒什海峡的港城,位于诺曼底大区芒什省。

轮船拉响了汽笛。我们总算都上来了,船便离开防波堤,在平静得像绿色大理石桌面一样的大海上驶向远方。我们目睹着海岸节节后退,就像所有很少旅行的人一样,感到幸福而又自豪。

父亲把礼服下面的肚子挺得老高。家里人当天早上精心擦去了那礼服上的所有污渍,所以他正向周围散发着外出之日必有的汽油味。一闻这味儿,我就知道是星期天了。

忽然,他看见两位先生正在请两位衣着入时的太太吃牡蛎。一个衣衫褴褛的老水手用刀子撬开牡蛎，交给先生们，再由先生们递给两位太太。她们吃牡蛎的方式十分讲究，用一方精美的手帕托住牡蛎壳，嘴向前伸，免得弄脏连衣裙；然后轻快地一嘬，把汁水喝了，再把空壳抛进大海。

在行驶中的大船上吃牡蛎，我父亲也许被这高雅的行为打动了。他觉得这么做又气派，又优雅，又高级，于是他走到我母亲和我的两个姐姐身边，问：

"我请你们吃牡蛎，你们要不要？"

母亲犹豫不决，因为又要破费了；可是我的两个姐

姐立刻表示同意。母亲就气嘟嘟地说:

"我怕伤胃。你只买给孩子们吃吧,可别太多了,吃多了会生病的。"

然后,她向我转过身来,补充道:

"至于约瑟夫,他就不用吃啦;千万别把小孩子惯坏了。"

我只好留在母亲身边,尽管觉得这样厚此薄彼很不公平。我的目光一直追随着父亲,看着他领着两个女儿和女婿隆重地走向那个破衣烂衫的老水手。

那两位太太刚刚走开,我父亲便教我的姐姐们如何吃才不至于让汁水洒掉;他甚至要做个示范,于是抓起一只牡蛎。他刚试着模仿那两位太太,汁水竟一股脑儿洒在他的礼服上。这时我就听见母亲嘟哝道:

"老实待着多好!"

可是我父亲似乎突然神色紧张起来;他后退几步,瞪着眼睛看着挤在卖牡蛎的人周围的女儿女婿,然后猛地掉头向我们走过来。他的脸色看来十分苍白,眼神也有些古怪,低声对我母亲说:

"真奇怪,这个撬牡蛎的多么像于勒啊。"

母亲听了一愣,问:

"哪个于勒？"

父亲说：

"当然……是我弟弟……要不是我知道他在美洲，景况很好，我还真以为是他呢。"

我母亲惊慌起来，结结巴巴地说：

"你疯了！既然你明知道不是他，为什么还要这样胡说八道？"

可是我父亲坚持说：

"克拉丽丝，你去看看那个人吧；最好还是你去亲眼看看，弄个明白。"

她站起来，走到两个女儿身边。我呢，也打量着那个人。他又老又脏，满脸皱纹，眼睛片刻不离手里干的活儿。

我母亲回来了。我看得出她在发抖。她急急忙忙地说：

"我看就是他。你快去跟船长打听一下。千万要小心；如今，可别让这无赖又黏上我们！"

我父亲连忙去了，我也随他一起去。我感到异常地激动。

船长先生个头高高的，瘦瘦的，蓄着长长的颊髯，此时正在驾驶台上踱步,那趾高气扬的神气,就仿佛在指挥一艘远赴印度的邮轮。

我父亲彬彬有礼地上前和他攀谈,一面恭维他,一面向他请教与他的职业有关的事情:

泽西岛有多大呀?有些什么出产呀?有多少居民呀?风俗习惯如何呀?土质怎么样呀?等等,等等。

外人还以为他们谈论的至少是美利坚合众国呢。

继而,他们又谈到我们乘的这艘船,它叫"快速号";接着,话题又转到船员。最后,我父亲才有些窘迫地问:

"您船上有个卖牡蛎的老头儿,看上去很有趣。您知道些这个流浪汉的底细吗?"

这番长谈终于弄得船长不耐烦了,他干巴巴地回答:

"这个老流浪汉是个法国人。我是去年在美洲碰到他的,就带他回国。据说他有亲人在勒阿弗尔,但是他不肯回去找他们,因为他欠他们钱。他名叫于勒……于勒·达尔芒什或者达尔旺什,总之是跟这类似的一个什么姓。据说他在那边一度发过财,可是你看他现在落魄到了什么地步。"

我父亲脸色变得煞白,喉咙发哽,两眼呆滞,连说:

"噢!噢!很好……太好了……我并不感到惊讶……多谢啦,船长。"

说着他就走了;船长惊异地看着他走远。

他回到我母亲那里,情绪败坏到了极点。我母亲说:

"快坐下;别让他们看出什么。"

我父亲一边在长凳上坐下,一边结结巴巴地说:

"是他,果真是他!"

他接着就问:

"咱们怎么办?"

我母亲连忙回答:

"先把孩子们叫回来。既然约瑟夫全知道了,那就让他去找他们。特别要当心,别让咱们的女婿怀疑到什么。"

我父亲好像已经惊呆了,低声哀叹:

"真是祸从天降呀!"

我母亲这时突然怒不可遏,接着说:

"我早就知道这个贼坯不会有一点出息,他总有一天还会成为我们的拖累!就好像对一个达弗朗什家的人还能抱什么希望似的!……"

我父亲用手抹了一下额头，就像他遭到妻子责难时常做的那样。

我母亲又接着说：

"快把钱给约瑟夫，让他去把牡蛎钱付了。就差没让那个叫花子认出来了。否则在这船上可有好戏看了。咱们快到船的另一头去，免得那个人接近我们！"

她站起来；他们给了我一枚一百苏的硬币，然后就走开了。

我的姐姐们久等父亲不见他来，正在诧异。我对她们说妈妈有点晕船，然后就问那个撬牡蛎的人：

"我们该付您多少钱,先生?"

我其实想说:我的叔叔。

他回答:

"两个半法郎。"

我递给他一百苏,他找了钱给我。

我看看他的手,那是一双满是皱纹的粗糙的水手的手;我又看看他的脸,那是一张可怜的苍老的脸,愁眉紧锁,饱经风霜。我一边看一边默默自语:

"他是我的叔叔,我父亲的弟弟,我的亲叔叔。"

我给了他十个苏的小费。他谢我说:

"上帝保佑您,我的年轻的先生!"

那是穷人接受施舍时的语调。我心里想他在那边一定乞讨过。

姐姐们见我这么大方觉得很奇怪,一个劲地瞅着我。

当我把剩下的两法郎交给父亲时,母亲大为惊讶,问:

"吃了三法郎的?……这不可能!"

我用坚定的语调声明:

"我给了他十个苏的小费。"

母亲气得直跳脚,眼睛瞪着我说:

"你疯了！拿十个苏给这个人，这个无赖！……"

父亲使了个眼色让她注意女婿在身边，她才住口。

这以后，大家都沉默不语了。

我们的前方，地平线上，一个紫色的阴影仿佛从海里钻出来似的。那就是泽西岛。

当船驶近防波堤的时候，我心里萌生出一个强烈的愿望，想去再看一次我的于勒叔叔，走到他身边，对他说几句安慰的话，体贴的话。

可是，没有人再吃牡蛎了，所以他人也不在了，大概又下到这可怜人栖身的散发着恶臭的底舱深处去了。

为了避免再遇到他，我们回来乘的是"圣马洛"号。我母亲已经气急败坏了。

我从此再也没有见过我父亲的弟弟！

您以后还会看到我有时给流浪汉一百苏，就是这个原因。

在旅途中*

* 本篇首次发表于一八八三年五月十日的《高卢人报》;一八八四年首次收入维克多·阿瓦尔出版社出版的小说集《密斯哈丽特》。

献给居斯塔夫·图杜兹①

1

从戛纳②起车厢里就坐满了人;人们闲聊着,大家彼此都认识。经过塔拉斯孔③的时候,有个人说:"杀人的地方就在这儿。"于是人们谈论起那个抓不到的神秘的杀人犯,此人两年来频频作案,已经夺走了好几个旅客的性命。每个人都提出不同的假设,每个人都发表自己的见解;妇女们打着哆嗦望着车窗外的黑夜,唯恐看见车厢门口突然冒出一个男

---

① 居斯塔夫·图杜兹(1847—1904):法国小说家、剧作家和艺术评论家。曾参加在福楼拜家和龚古尔家的聚会,是莫泊桑的好友。
② 戛纳:法国市镇,地中海沿岸的重要旅游城市,今属普罗旺斯-阿尔卑斯-蓝色海岸大区滨海阿尔卑斯省。
③ 塔拉斯孔:法国市镇,法国南方古城,位于今普罗旺斯-阿尔卑斯-蓝色海岸大区罗纳河口省。

人的头。人们讲起各种恐怖的故事来：危险的遭遇啦，在特快列车上和疯子面对面坐在一起啦，跟一个形迹可疑的人单独过了几个钟头啦。

每个男人都能讲出一个小故事为自己增光，每个男人都曾在惊险的关头表现出令人赞叹的机智和勇敢，把坏人吓住、击倒，让他们俯首就擒。有一个医生每年冬天都去南方，轮到他时，他也想讲一桩奇事。他说：

我呢，我还从来没有过这样的遭遇来考验自己的勇气；不过我认识一位女士，她是我的一个病人，今天已经不在人世了，她曾经遇到过一件世界上最奇特的，也是最神秘、最动人的事。

玛丽娅·巴拉诺娃伯爵夫人是俄国人，一位高贵的而且风姿绰约的女性。你们知道俄罗斯的女人是多么美丽，至少在我们看来是多么美丽：秀气的鼻子，娇嫩的嘴，挨得很近、没法形容的灰蓝色的眼睛，还有她们冷冷的、冷得有点残酷的妩媚！她们邪恶而又迷人，傲慢而又谦和，温柔而又严厉，让法国男人着迷的东西应有尽有。其实，我能在她们身上看到了那么多东西，也许仅仅是人种和类型的差异吧。

好几年来，她的医生见她受到肺病的威胁，一直劝她到法国南部来休养；可是她执拗地不肯离开彼得堡。去年秋天，大夫认为她已经无药可救，通知了她的丈夫，丈夫立刻安排她动身去芒通①。

她上了火车，独自一人坐在车厢里，随行的仆人们都在另一个车厢。她倚着车窗，望着闪过的田野和村庄，神情有点忧郁。她感到十分孤单，仿佛在生活中被人抛弃了一样，没有儿女，也几乎没有亲人；丈夫对她的爱

---

① 芒通：法国东南部城市，接近法国和意大利边境，位于今普罗旺斯－阿尔卑斯－蓝色海岸大区滨海阿尔卑斯省。

早已熄灭,像把一个生病的仆人送进医院似的,就这样把她打发到天涯海角,甚至不屑于陪她来一趟。

每到一个车站,仆人伊万就过来看看女主人是不是需要点什么。这是一个忠心耿耿、对她百依百顺的老仆人。

夜晚来临,列车在全速前进。她神经紧张极了,难以入睡。她突然心血来潮,想把丈夫在临行前的最后一刻交给她的法国金币拿出来数一数。她打开小钱包,把闪光的钱币哗哗倒在腿上。

可是一股冷空气忽地扑到她的脸上。她吃了一惊,抬起头。是车门开了。伯爵夫人玛丽娅惊慌失措,连忙把一条披肩扔在裙子上盖住摊开的钱,等着。几秒钟过去了,一个男子上了车。他头上没戴帽子,手受了伤,穿着晚礼服,气喘吁吁。他关好门,坐下,那双明亮的眼睛打量了一下邻座的女人,然后就用一条手绢包扎还在流血的手腕。

年轻女人感到自己快要吓昏了。这个男人刚才肯定看到她在数金币,他来的目的就是抢她的钱、杀掉她。

他一直盯着她看,喘着气,脸上的肌肉抽搐着,大概就要向她扑过来。

但是他突然说：

"夫人，请您不要害怕！"

她一句话也没有回答；她已经张不开嘴，只听见心怦怦跳，耳朵嗡嗡响。

他接着说：

"夫人，我不是坏人。"

她还是一句话也没有回答。不过，她猛地动了一下，把两个膝盖并拢，金币像从檐槽里流下的雨水一样洒在地毯上。

那个男人看着这流水般淌下来的金币，先是吃了一惊，不过他马上就俯下身子捡起来。

她惶恐极了，站了起来，所有的钱都撒在地上，然后她就向车门跑过去，想跳下车。可是他立刻明白她要干什么，冲过去抱住她，强使她坐下，抓住她的两个手腕按住她，说："请您听我说，夫人，我不是坏人。我马上把这些钱捡起来，还给您，这就是证明。可是，如果您不帮助我越过国境，我就完了，我就死定了。我不能跟您多说。一个小时以后，我们就要到达俄国境内的最后一站；一小时二十分钟以后，我们就要穿过帝国的边界。如果您不帮助我,我就完了。不过,夫人,我没有杀过人,没有抢过人,也没有做过一件不名誉的事。这一点我向您发誓。只是我不能跟您多说。"

说完,他就跪下来捡金币,把座位下面的也捡了起来,甚至有几枚滚到远处的,也都找到;等小皮钱包又装满了,他就交还给邻座的这位女士,没有说一句话,然后回到车厢的另一个角落里坐下。

他们两人都再也没有什么动作。她依然惊魂未定,待在那里,哑口无言,但她的情绪逐渐平静下来。他呢,没有一个手势,也没有一个动作,只是直挺挺地坐着,目不转睛地看着前方,脸色苍白,就像已经死了似的。她不时地迅速看他一眼,又把目光转向别处。这个人三十岁左右,长得很英俊,完全是一副绅士的模样。

火车在黑暗中奔驰,向夜空发出一声声凄厉的呼号,有时放慢速度,然后又加速前进。但是它突然减速,拉响几声汽笛,完全停了下来。

伊万出现在车厢门口,看她有什么吩咐。

伯爵夫人玛丽娅又看了一下那位奇怪的旅伴,用颤

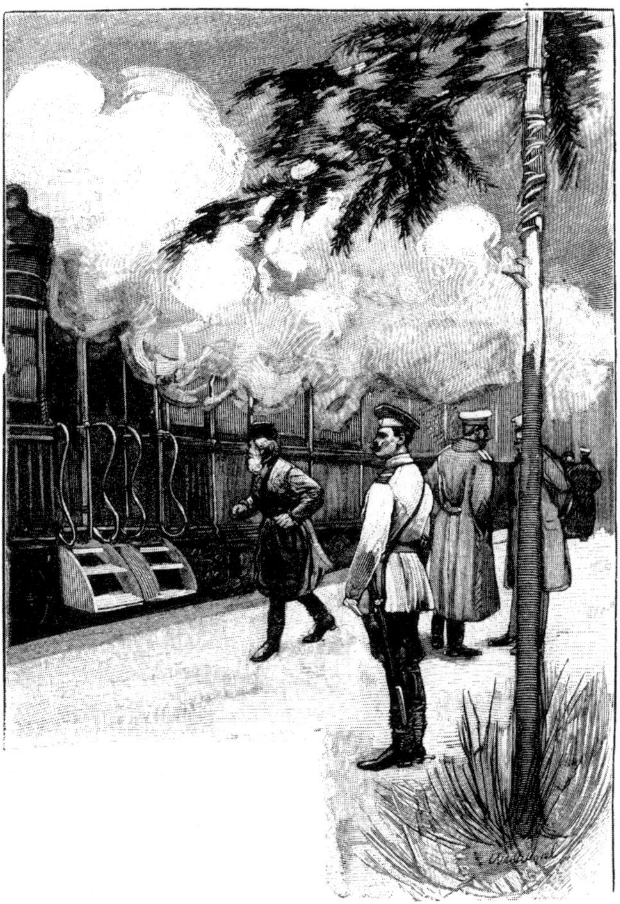

抖的声音出其不意地对老仆人说：

"伊万，你马上就回到伯爵那里去，我不需要你了。"

老仆人摸不着头脑，眼睛睁得大大的，结结巴巴地说：

"可是……巴利纳①。"

她接着说：

"不，你不必再来了，我已经改变主意。你就留在俄国。拿着，这是给你回去的钱。把你的帽子和大衣留给我。"

老仆人大感不解，摘下帽子，连同大衣递过去。他已经习惯了主人的随心所欲、一意孤行，总是俯首听命，绝不顶嘴。他眼泪汪汪地走了。

火车重又开动，向国境线驶去。

这时，伯爵夫人玛丽娅对他的邻座说：

"这些东西给您，先生，您现在是伊万，我的仆人。我这么做只附加一个条件，那就是：您永远不要跟我说话，一句话也不要说，不管是感谢我的话还是别的。"

---

① 巴利纳：俄语"太太"的音译。

那陌生人鞠了一躬，一句话也没说。

不久，火车又停下，几个身穿制服的公务员上车来检查。伯爵夫人把两本护照递给他们，指着坐在车厢尽头的那个男人说：

"那是我的仆人伊万，这是他的护照。"

火车又重新启动。

整整一夜，他们就这么待在同一个车厢里，但是两人都始终保持沉默。

天亮了。火车停在一个德国车站，陌生人下了车；然后，他站在车厢门口，说：

"夫人，请原谅我违背我的诺言；但是我让您失去了您的仆人，我理应代替他。您

什么也不需要吗?"

她冷冷地回答:

"请把我的女仆找来。"

他去找女仆,然后就不见了。

她下车去餐厅的时候,远远看见他在看她。他们到了芒通。

2

医生沉默片刻,又接着说:

有一天,我正在诊所里接待病人,见一个高个儿年轻人走进来,对我说:

"大夫,我来向您打听玛丽娅·巴拉诺娃伯爵夫人的情况。我是她丈夫的朋友,虽然她并不认识我。"

我回答:

"她没有希望了。她回不了俄国了。"

这个人听了,突然哭起来;然后,他站起身,像喝醉了酒似的踉踉跄跄地走出去。

当天晚上，我告诉伯爵夫人有个外国人来询问过他的健康状况。她好像很激动，于是就把整个故事讲给我听，也就是我刚才对你们说的故事。她又说：

"我的确不认识这个人。现在他像我的影子一样跟着我，我每次出门都遇见他；他用奇怪的眼光看着我，但是从来也不跟我说话。"

她想了想，接着说：

"瞧，我敢打赌，他正在我的窗户下面呢。"

她离开卧榻，走过去掀开窗帘让我看；果然是来找过我的那个人，坐在散步地带的长凳上，抬头向旅馆这边张望。他发现我们在看他，便站起

来,头也不回地走远了。

就这样,我目睹了一桩惊人而又痛苦的事,两个互不相识的人的无声的爱情。

他爱她,像野兽对救命恩人那样,对她终生感激和忠诚。他明白我已经识破了他,索性每天都来问我:"她好吗?"他看到她走过去,一天比一天衰弱和苍白,便痛哭流涕。

她对我说:

"这个人真奇怪,我只跟他说过一次话,可是就好像我已经认识他二十年了。"

每当他们相遇的时候,他对她行礼,她就还以庄重而迷人的微笑。我感到她很幸福,因为她此刻是那么孤独而又自知已失去希望;我感到她很幸福,因为有一个人爱她,那么恭敬,那么持衡,那么富有诗意,那么忠诚,以致不惜一切。不过尽管如此,这性格坚毅的女人坚定不移,拒绝接见他,拒绝知道他的名字,拒绝和他说话。她总是说:"不,不,那会让这个奇特的友谊变得令人扫兴。我们应该永远互不相识。"

至于他,他肯定也同样是个堂吉诃德式的人物,因为他根本没有试图进一步接近她。他要把自己在车厢里许下的永远不跟她说话的诺言信守到底。

在病体衰弱的漫长时间里,她经常从卧榻上起来,走过去将窗帘掀开一角,看看他是否在窗下。见他依然像平常那样一动不动地坐在那张长凳上,她才带着微笑回去躺下。

一天上午,十点钟光景,她死了。我从旅馆里出来的时候,他满脸悲楚地走到我身边;他已经得到了消息。

"我想当着您的面看看她,只看一秒钟。"他说。

我挽着他的胳膊回到旅馆。

他来到死者的床前,抓着她的手,久久地、久久地吻着,然后,就像个精神失常的人一样逃跑。

医生又沉默了一会儿,然后接着说:

"可以肯定地说,这是我所知道的铁路上最奇特的故事了。应该说,世上有的人真是够痴心的。"

一位妇女低声喃喃道:

"其实,这两个人并不像我们认为的那么傻……他们是……他们是……"

但是她说不下去了,因为她已经泣不成声。为了让她平静下来,大家改换了话题,所以也就不知道她到底要说什么了。

索瓦热婆婆*

* 本篇首次发表于一八八四年三月三日的《高卢人报》；同年首次收入维克多·阿瓦尔出版社出版的小说集《密斯哈丽特》。

献给乔治·布榭[①]

1

我已经十五年没有再来维尔洛涅了。今年秋季去那儿打猎，住在我的朋友塞尔瓦家，这才旧地重游。那时我这个朋友刚刚重新修建好他那座被普鲁士人毁坏的城堡。

我特别喜爱这一方土地。世界上有一些赏心悦目的角落，对人的眼睛有一种近乎肉感的魅力。人们对它们的爱甚至带有性爱的意味。我们这些对大地特别容易动情的人，看到泉水、树林、池塘、山丘，每每会像一次艳遇一样深受感动，甜蜜的回忆会终生难忘。我们的思想有时会回到某一片

---

① 乔治·布榭（1833—1894）：法国国家自然史博物馆比较解剖学教授，福楼拜的好友，与左拉、莫泊桑均有交往。

森林、某一段河岸，或者某一个鲜花盛开的果园；尽管只是曾在一个美好的日子里偶尔一瞥，内心却留下深刻的印象，就像一个春天的早晨在街头遇见的一个身穿浅色透明衣衫的女郎，会在我们的心灵和肉体里留下难以平息和磨灭的欲望、擦肩而过的幸福感。

在维尔洛涅，我爱这片原野上的一切。这里，小树林星罗棋布；小溪像在血管里一样在泥土里纵横流淌，为大地注入血液。在小溪里可以捉到螯虾、鲈鱼和鳗鱼，真是其乐无穷！有些地方还可以洗澡；在潺潺溪流边的高高的草丛里，还经常可以发现沙锥鸟。

我像山羊一样敏捷地前进，眼睛紧盯着我的两条在前面东寻西找的猎犬。塞尔瓦在我右边

一百米远的一片苜蓿地里搜索。我绕过索德尔家的树林边缘的灌木时,远远看见一所茅屋的废墟。

我突然想起我最后一次看到这座茅屋时的情景,那是一八六九年的事了;那时它是那么干净,墙上攀着葡萄藤,门前有几只母鸡啄食。如今它却成了一座毫无生气的废墟,只剩下立着的骨架,残垣颓壁,一片凄凉。还有什么比这更令人伤怀的呢?

我也记得有一天我累极了,一位好心的妇女曾经请我进屋喝了一杯葡萄酒。当时塞尔瓦跟我讲过那家人的故事。父亲经常违禁偷猎,被宪兵打死了。儿子,我从前见过,是个瘦高个儿的小伙子,还是个单身汉,摧残起野物来心狠手辣是出了名的。大家都管他们叫索瓦热①。

这究竟是姓还是绰号呢?

我喊塞尔瓦。他迈着鹭鸶般的长腿走过来。

我问他:

"这家人怎么啦?"

---

① 索瓦热:法语 Sauvage 的译音;这个词作为普通名词有"野蛮""残忍"等含义。

他就给我讲了下面这段奇事。

2

宣战①的时候，儿子索瓦热三十三岁，应征入伍，撇下母亲一个人在家。人们并不太替老妇人担心，因为她手上有点钱，这个大家都知道。

---

① 宣战：指一八七〇年七月普法战争爆发。

她仍旧孤独一人住在树林边的这座孤零零的房子里，远离村庄。再说，她也不害怕，因为这个又高又瘦的老婆婆，就像她家的男人一样，脾气倔强；她很少有笑的时候，人们也从来不跟她说笑。再说，乡下的女人本来就不大有笑容。笑，那是男人们的事！女人的心灵抑郁而又狭窄，生活单调得看不到一线光彩。庄稼汉在酒馆里养成了一点闹中取乐的习惯，但他的婆娘永远是板着面孔，一本正经。她们脸上的肌肉从来也没有练习过笑的运动。

索瓦热婆婆在她的茅屋里继续过着平平常常的生活。不久以后，茅屋就覆盖上一

层积雪。她每个星期到村子里来一次，买一点面包和肉；然后，她就返回她的农舍。听人说有狼出没，她出门时总背着枪，儿子的那支枪，枪已经生锈，枪托也被手磨坏了。索瓦热婆婆的样子看上去很有趣：她个子高高的，微微驼着背，地面雪厚，她只能缓慢地跋涉前进，紧紧巴着脑袋的黑帽子把谁也没看见过的白头发捂得严严实实，帽子后面露出枪管。

有一天，一批普鲁士军人来到这个地方。按照每一户的财产和收入的多少，他们被分配到居民家里吃住。人们知道老婆婆有钱，所以她摊到四个。

这是四个胖墩墩的小伙子，金黄色的头发，金黄色的胡子，蓝眼睛，尽管已经疲惫不堪,可是仍旧肥乎乎的;他们虽然是在被自己征服的国家,倒是都很和气。他们单独住在这个上了年纪的妇女家里,对她体贴入微,尽可能减少她的劳累和开支。每天早上,索瓦热婆婆忙前忙后准备早饭的时候,可以看到他们四个人只穿着衬衫,在刺眼的雪光里,围着井洗脸,用大量的水洗他们北方男人的白里透红的皮肤。接着,可以看到他们打扫厨房、擦窗户、劈木柴、削土豆、洗衣裳,就像四个孝顺儿子围在母亲身边干各种家务活儿。

但她却无时无刻不在惦念自己的亲生儿子,她那个又高又瘦、鹰钩鼻子、褐色眼睛、浓浓的胡子在嘴唇上堆起一个黑毛团的儿子。她每天都要挨个儿问那四个住在她家的士兵:

"您知道那

支法国部队,第二十三团,开到哪儿去了吗?我的儿子就在那里面。"

他们每一次都回答:"不吃(知)道,一填(点)也不吃(知)道。"他们的母亲也在远方,他们能够理解她的痛苦和忧虑,于是在各种小的地方对她倍加关心。何况她也爱这四个敌兵;因为乡下人没有多少爱国主义的仇敌情绪,那只属于上等阶级。卑微的众生,也是付出最多的人群,因为他们贫穷,一切新的重负都压在他们身上;因为他们人数众多,他们成批地被屠杀,成为真正的炮灰;因为他们最弱小,最缺乏抵抗的能力,他们经受的战

争带来的灾难也最残酷和深重。他们不理解那些好战的狂热叫嚣，不理解那些激昂慷慨的荣誉观念，以及那些六个月以来已经把战胜和战败的两个国家都弄得筋疲力尽的所谓政治谋略。

谈到住在索瓦热婆婆家的四个德国人，当地人都说："他们可算找到自己的家了。"

然而一天早上，老妇人独自在家的时候，远远望见一个人在平原上向她的住处走过来。她很快就认出那是走村串镇的邮差。他交给她一张折起来的纸；她从眼镜盒里抽出做针线活儿用的那副眼镜，便读起来：

索瓦热太太：

这封信给您带来一个不幸的消息。您的儿子维克多昨天被一颗炮弹炸死；这颗炮弹几乎把他劈成了两半。我当时就在他跟前。因为在连队里我们俩很接近，他常跟我谈起您，并且要我在他万一遭到不幸时，当天就通知您。

我取出了他衣袋里的表，会在战争结束以后带来交给您。

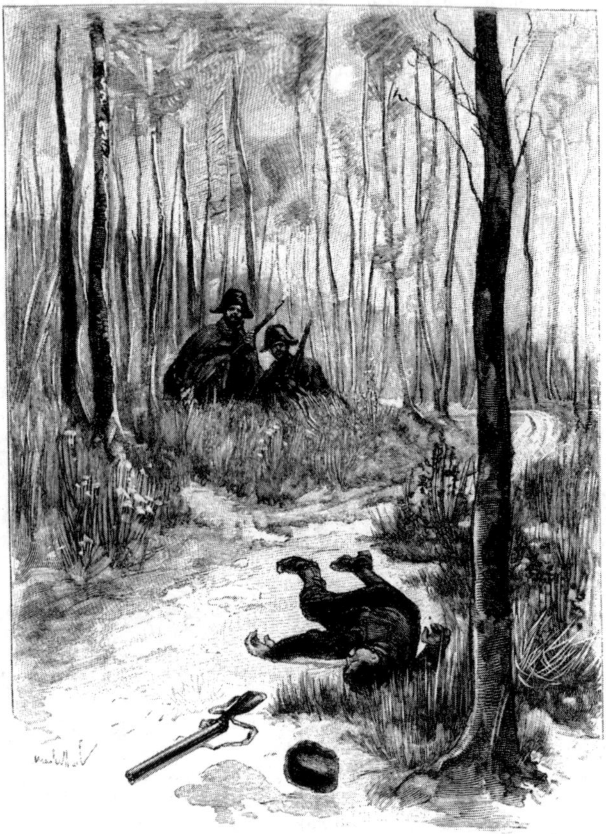

向您致以亲切的敬礼。

第二十三步兵团二等兵

塞赛尔·里沃

写信的日期是三个星期以前。

她没有哭。她一动不动。她那么震惊,已经变得迟钝,连痛苦也感觉不到了。她只是在想:"现在,维克多被打死了。"然后,才一点儿一点儿地,泪水涌上眼睛,痛苦渗到心里。可怕的、伤心的事一件件闪过她的脑海。她再也不能拥吻她的儿子,她的高大的儿子,再也不能了!宪兵杀死了父亲,普鲁士人杀死了儿子……他被一颗炮弹劈成了两半。她仿佛看见了那情景,那可怕的情景:人头落在地上,两只眼睛还睁着,嘴还像平时生气时那样咬着他那大胡子的尖儿。

他们后来把他的尸体怎么处置了呢?会不会把她儿子送回来呢?当初她丈夫是送回来的,尽管脑门上还有颗子弹。

这时,她听见有人说话的声音。那几个普鲁士人从村子里回来了。她连忙把信藏到衣兜里,而且趁时间还来得及,仔细擦干了眼泪,然后带着平常的表情,若无其事地迎接他们。

他们四个喜笑颜开，兴高采烈，因为他们带回来一只很肥的兔子，大概是偷来的吧。他们向老婆婆做了个手势，意思是说待会儿就有好东西吃了。

她立刻动手准备午饭；但是临到杀兔子的时候，她没有勇气了。然而这并不是她第一次杀兔子呀！一个士兵照兔子耳朵后面给了一拳，把它捶死。

小东西一死，她就剥掉皮，露出鲜红的肉体；可是看到沾满两手的鲜血，那血起初还是温热的，她能感觉到正在冷却和凝固鲜血，她从头到脚不寒而栗。因为她看到的总是被炸成两半的高大的儿子，像这只还在抽搐的动物一样，浑身是血。

她和普鲁士人一同坐下来吃饭,但是她吃不下,一口也吃不下。他们大吃大嚼着兔子肉,并没有注意她。她一声不吭地瞅着他们,一个想法渐渐成熟;不过她脸上毫无表情,他们什么也没有看出来。

突然,她问道:"咱们在一块儿有一个月了,可是我连你们的名字都还不知道呢。"他们很费了些劲才弄明白她的意思,于是说出各自的名字。可是这还不够;她还要他们把姓名,连同他们的家庭住址,写在一张纸上。她把眼镜架在她的大鼻子上,仔细看了看那陌生的文字,就把这张纸折起来,放进衣兜,压在告诉她儿子死讯的那封信的上面。

吃完了饭,她对这几个男子汉说:

"我要为你们做点事儿。"

说完她就动手往他们睡觉的顶楼上运起干草来。

他们见她这么做,觉得奇怪;她向他们解释说这样他们会暖和些,于是他们也帮她干起来。他们把草捆一直垒到茅屋顶;他们就这样为自己搭建了一个四面都是干草的大卧室,很温暖,还散发着清香。他们一定会睡得香甜。

吃晚饭的时候,他们中的一个见索瓦热婆婆仍然一口饭也不吃,有些替她担心。她说有点胃痉挛。然后,她把炉子生得旺旺

的，坐下来烤火；四个德国人就顺着每天晚上用的梯子登上他们的卧室。

翻板活门刚刚关上，老婆婆就撤掉梯子；接着，她轻手轻脚地打开通到外面的门，又去搬了好多捆干草，把厨房填得满满的。她光着脚在雪地上走，轻得听不到一点声响。她还不时地听听已经睡熟的四个士兵的响亮而又参差不齐的鼾声。

等她认为已经万事准备停当，她就扔了一捆干草在炉膛里，燃着以后，散在其余的干草捆上，然后就走到外边，静观动向。

几秒钟的工夫，一股熊熊的火光就照亮了整个茅屋，继而变成一团吓人的烈焰，一个炽热的巨大熔炉。火苗从窄小的窗口蹿出来，把耀眼的光芒投射在雪地上。

不一会儿，顶楼里就传来一声狂吼，继而是一片人的号叫，令人心碎的痛苦和恐怖的呼救声。接着，房子里面，顶楼的活动板门坍塌下来，大火像旋风一样冲进顶楼，穿透麦秸屋顶，像一支奇大无比的火炬直冲云霄；整个茅屋都在燃烧。

除了烈火的噼啪声、墙壁的爆裂声、房梁的坍塌声，里面什么声音也听不到了。屋顶一下子垮下来，熊熊燃烧的屋架，把一束巨大的火花喷向浓烟滚滚的高空。

银装素裹的原野，在大火的映照下像一块染红的银色台布一样光彩夺目。

远方，钟声敲响。

索瓦热老婆婆依然站在她那座焚毁的房子的门前，手里握着枪，她儿子的那杆枪，以防有人逃出来。

等她看到一切都结束了，她就把她的武器往大火里一扔。随之响起一声爆炸声。

一些人陆续跑来。有当地人，也有普鲁士人。

只见老妇人坐在一截树干上，神闲气定，心满意足。

一个德国军官，法语说得像一个法国人家的儿子一样纯正，问她：

"你家住的那几个军人在哪儿？"

她伸出枯瘦的胳膊，指着那堆正在熄灭的大火的红色余烬，大声回答：

"在那里面！"

人们紧紧围着她。那普鲁士人又问：

"火是怎么着起来的？"

她说：

"是我点的。"

没有人相信她的话，人们想一定是飞来横祸把她吓疯了。既然大家都围着她，听她说话，她索性把事情从头到尾说了一遍，从她怎样接到信，直到那些跟她的房子一起葬身火海的人怎样发出最后的惨叫。她的所做和所感，一个细节也没漏掉。

她说完了，从衣兜里掏出两张纸，为了借最后的火光分清这两张纸，她架上了眼镜，然后向大家伸出其中的一张，说:"这一张,是维克多的死讯。"又伸出另一张,同时用头指了指通红的废墟,说:"这一张,是他们的姓名,好写信通知他们家里。"她把那张白纸不慌不忙地递给抓住她肩膀的军官,然后说:

"您一定要写明事情的经过,并且告诉他们的父母这件事是我干的。我是索瓦热家的维克多瓦尔·西蒙!千万别忘了!"

那军官用德语大声发了几道命令。她被揪住,推到她自家房子的墙根。墙还热得烫人呢。然后,十二个士兵动作敏捷地在她面前相距二十米的地方排成一行。她纹丝不动。她早就明白会这样。她等着。

一声令下,随

着响起一长串枪声。有一响是在其他枪声过后,单独发出的。

老婆婆并没有一下子栽倒。她是像被砍掉双腿似的瘫在地上的。

普鲁士军官走过去。她几乎被截成两段,但是她手里还紧紧攥着那封浸在血泊里的信。

我的朋友塞尔瓦说到这里,补充了一句:

"就是为了报复,德国人才毁掉了我那座本地唯一的城堡。"

我呢,我却想着被烧死在这茅屋里的那四个善良的小伙子的母亲,以及被枪杀在这堵墙前面的另一个母亲的残忍的壮举。

我随手捡起一块小石子,它还带着被大火熏黑的颜色。